ILLUSTRIERTE JUGENDKLASSIKER

KÖNIG SALOMONS DIAMANTEN

von H. Rider Haggard
Nacherzählt von Graeme Kent
Deutsche Übersetzung von Wiebke Diederichs
Illustriert von Eric F. Rowe

XENOS

Einleitung

Im Jahre 1884 las der junge Anwalt Henry Rider Haggard den Roman *Die Schatzinsel* von Robert Louis Stevenson. Das brachte ihn auf die Idee, selbst einen Abenteuerroman zu schreiben. Er brauchte nicht einmal zwei Monate, um sein Buch *König Salomons Diamanten* zu verfassen, und es wurde zu einer der berühmtesten Geschichten, die je geschrieben wurden.

Haggard hatte einige Jahre seines Lebens in Afrika verbracht. Land und Leute hatten ihn tief beeindruckt. Als er nach England zurückkehrte, begann er sein Studium der Rechtswissenschaft, aber zugleich fing er auch an, Bücher zu schreiben. Mit seinen ersten Geschichten war er nicht sehr erfolgreich. Aber das änderte sich mit der Veröffentlichung von *König Salomons Diamanten*. Schon im ersten halben Jahr wurden sechstausend Exemplare verkauft, und seitdem ist das Buch immer wieder neu gedruckt worden.

Der Roman bietet alles, was eine richtige Abenteuergeschichte haben muß. Drei Männer brechen zu einer gefährlichen Expedition ins unbekannte Afrika auf, um einen sagenumwobenen Schatz zu suchen. Sie erleben den verzweifelten Kampf ums Überleben in der gnadenlosen Hitze der Wüste. Und als sie dann das unbekannte Königreich der Kukuanas erreichen, wird es erst richtig aufregend. Sie stehen dem schrecklichen einäugigen Twala gegenüber, dem Häuptling der Kukuanas. Und sie lernen den furchterregenden Gagool kennen. Entsetzt werden sie Zeugen einer wahren Hexenjagd, bei der sie beinahe selbst ums Leben kommen.

Schließlich gibt es einen großen Kampf zwischen den Männern Twalas und denen seines Herausforderers Ignosi. In einer der spannendsten Kampfbeschreibungen, die je geschrieben wurden, zeigt sich, welches die tapfersten Krieger sind.

Vor allem aber ist der Roman berühmt wegen seiner Hauptpersonen. Der mächtige Sir Henry Curtis, sein Freund Kapitän Good und der Jäger Alan Quatermain, Erzähler dieser Geschichte, bestehen all die Abenteuer, die ihnen begegnen. Und der edle Ignosi erweist sich als großer Führer.

Inhalt

ISBN 3-8212-1335-5

Am Hehsel 40, 22339 Hamburg
Die englische Originalausgabe erschien
unter dem Titel »King Solomon's Mines«
im Verlag Brimax Books Ltd., GB-Newmarket

Satz: KCS GmbH, Buchholz/Hamburg
Printed in Italy

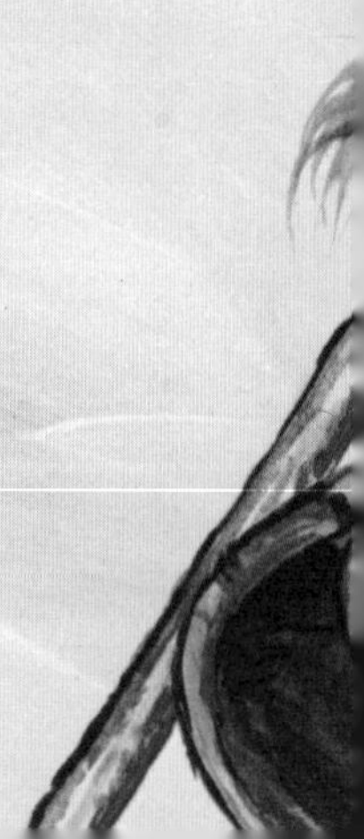

Verschollen in der Wüste

»Wenn wir kein Wasser finden, müssen wir sterben«, ächzte Sir Henry.

Ich sah meine drei Gefährten an. Wir befanden uns wirklich in einer schlimmen Lage. Niemand konnte ohne Wasser lange in dieser Hitze überleben.

Seit Tagen schon waren wir unterwegs in der dürren afrikanischen Wüste, auf dem Weg zu dem unbekannten Suliman-Gebirge. Wir wollten die legendären Diamantenminen des König Salomon suchen.

Unser Anführer war der mächtige Sir Henry Curtis, der mit seinem blonden Bart aussah wie ein Wikinger. Sein bester Freund, Kapitän Good, war ein Marineoffizier im Ruhestand. Er sah immer ordentlich und gepflegt aus, meistens trug er ein Monokel in einem Auge.

Die beiden hatten mich angeheuert, damit ich sie durch die unbekannte Wildnis führte. Seit Jahren schon verdiente ich mir meinen Lebensunterhalt als Jäger und Führer in den Urwäldern Afrikas.

Ich hatte Sir Henry gewarnt, daß die Chancen schlecht stünden, je wieder lebendig von dieser Reise zurückzukehren. Aber er und Kapitän Good wollten das Risiko eingehen. Sie bezahlten mich fürstlich, und so hatten wir uns auf den Weg gemacht. Zuerst hatten wir uns durch den dichten Urwald gekämpft, dann waren wir in die endlos weite Wüste gekommen.

Wir hatten einen Diener mit uns genommen, einen seltsamen Afrikaner, der auf den Namen Umbopa hörte. Er war ein starker, sonderbarer Mann, der seine eigenen, geheimen Gründe hatte, das Kukuanaland zu finden, das hinter den fernen Bergen liegen sollte.

Umbopa schrie plötzlich auf und sank auf die Knie. Er starrte hinab in den Sand.

»Seht!« rief er. »Spuren von Tieren. Sie gehen nie weit vom Wasser weg. Es muß Wasser in der Nähe geben. Ich kann es *riechen.*«

Wir stolperten über Sand und Gestrüpp und suchten den Boden ab, ob wir ein Zeichen von Wasser fänden. Eine Stunde lang bewegten wir uns im Schneckentempo vorwärts, aber wir fanden nichts. Ich wollte schon den Mut verlieren. War das unser Ende?

»Da drüben ist ein Hügel«, sagte Sir Henry.

»Wer hat denn jemals davon gehört, daß es Wasser auf Hügeln gibt?« keuchte Kapitän Good.

»Laßt uns hingehen und nachsehen«, schlug ich vor.

Umbopa überholte mich und führte uns den Hügel hinauf. Oben blieb er stehen und sah sich um.

»Kommt!« rief er. »Hier ist Wasser!«

Wir rannten zum Gipfel des Hügels. Und tatsächlich, da war ein kleines Wasserloch. Im nächsten Augenblick löschten wir dankbar unseren Durst. Als wir genug getrunken hatten, zogen wir unsere Kleider aus und setzten uns ins Wasser, um uns abzukühlen. Nach einer Weile wateten wir wieder hinaus und schliefen am Ufer der Wasserstelle.

Als ich erwachte, sah ich, daß Good seine Hosen ausgezogen hatte und wieder ins Wasser gegangen war. Er wusch und rasierte sich in dieser Wildnis.

Plötzlich schwirrte etwas durch die Luft. Dann steckte ein Speer zitternd im Boden vor meinen Füßen.

Fremde müssen sterben

Nicht einmal zwanzig Schritte entfernt von uns stand eine Gruppe von Männern. Sie waren sehr groß und hatten kupferbraune Haut. Auf dem Kopf trugen sie große schwarze Federbüschel, um den Körper hatten sie Leopardenfelle gewunden. Ganz vorn stand ein junger Mann von vielleicht siebzehn Jahren.

Ein alter Mann, er sah aus wie ein Krieger, trat vor. Er nahm den Jungen beim Arm und sagte etwas zu ihm. Dann kam er auf uns zu.

Sir Henry, Good und Umbopa hatten inzwischen ihre Gewehre gepackt. Die Männer kamen noch immer auf uns zu. Ich wunderte mich, daß sie sich vor den Gewehren nicht fürchteten. Vielleicht kannten sie solche Waffen gar nicht?

»Seid gegrüßt«, sagte ich in der Sprache der Zulu.

»Fremde«, antwortete der alte Mann grimmig. »Ihr müßt sterben. Kein Fremder darf auf dem Boden der Kukuanas leben. Das ist das Gesetz des Königs.«

Ich übersetzte seine Worte meinen Begleitern. Good hob die Hand an den Mund. Immer wenn er verwirrt war, griff er an sein künstliches Gebiß. Er zog die obere Zahnreihe herunter und ließ sie zurückschnellen. Diesmal war es ein echter Glücksgriff. Die Gruppe der Kukuanas stieß einen Schreckensschrei aus und sprang einige Meter rückwärts.

»Seine Zähne«, flüsterte Sir Henry aufgeregt. »Er hat sie bewegt. Nimm sie raus, Good. Nimm sie raus!«

Mit einer schnellen Handbewegung tat Good, was Sir Henry gesagt hatte. Er hielt den Kriegern seine künstlichen Zähne entgegen. Langsam kam der alte Mann wieder auf uns zu.

»Wer ist dieser Mann?« fragte er und zeigte dabei auf Good, der nur mit einem Hemd bekleidet war, sein Monokel ins Auge geklemmt und sein Gebiß in der Hand hatte. »Ein Mann mit einem gläsernen Auge und sonderbaren Kleidern. Seine Zähne können fliegen. Ist er ein Geist?«

»Ja«, antwortete ich schnell. »Das stimmt. Wir sind Geister von einem anderen Planeten. Wir wollten euch einmal besuchen.«

Ich sah über die Schulter des alten Mannes. Eine kleine Antilope ging auf die Wasserstelle zu, sie war vielleicht siebzig Schritte entfernt. Da kam mir eine Idee.

»Ich werde euch unsere magischen Kräfte zeigen«, sagte ich mit lauter Stimme. »Könnten wohl normal Sterbliche dieses Tier töten, indem sie einen Stock auf es richten?«

»Niemals!« sagte der alte Mann.

Ich nahm mein Gewehr und zielte auf die Antilope. Es war ein kleines Tier und nicht gerade einfach zu treffen. Ich wußte, daß ich es nicht verfehlen durfte.

So holte ich tief Luft und drückte langsam den Abzug. Das Tier stand still wie eine Statue.

»PENG!« Die Antilope sprang in die Luft und fiel dann auf die Steine, leblos wie ein alter Nagel.

»Glaubt ihr nun, daß wir Götter sind?« fragte ich. »Und jetzt sagt mir, wer ihr seid.«

»Ich bin Infadoos«, stammelte der alte Mann. Dann zeigte er auf den jungen Mann, der neben ihm stand. »Und das ist Scragga, der Sohn unseres Königs Twala. Twala, der Einäugige, Twala der Schwarze, der Schreckliche.«

»Ach so«, antwortete ich. »Nun, dann führt uns zu Twala.«

König Salomons Straße

Drei Tage lang zogen wir auf der berühmten Straße durch das Land, immer Richtung Nordosten. Infadoos und Scragga gingen mit uns, ihre Männer waren etwa hundert Schritte voraus.

»Feine Krieger«, bemerkte ich einmal. »Gibt es denn jemanden, gegen den sie kämpfen können?«

Infadoos schüttelte den Kopf. »Nein«, antwortete er. »Einmal dachten wir, es würde einen Krieg geben. Aber es kam dann doch anders.«

»Was geschah?«

»Die Frau des alten Königs hat Zwillinge zur Welt gebracht. Bei uns ist es Brauch, daß nur ein Zwilling überleben darf. Wir töten das schwächere der beiden Kinder. Aber die Frau des alten Königs versteckte den schwächeren Jungen. Sie nannte ihn Twala.«

»Sprich weiter!« sagte ich.

»Der stärkere Sohn war Imotu. Viele Jahre später wurde Imotu König. Er heiratete und hatte selbst einen Sohn. Aber dann kam eine große Hungersnot über unser Land. Viele Menschen starben.«

»Und dann?« fragte ich.

»Dann sagte Gagool, die weise alte Frau unseres Stammes, daß Imotu Schuld an der Hungersnot sei. Sie brachte Twala zu uns, den Zwillingsbruder, der all die Jahre versteckt gewesen war. Twala ermordete Imotu und wurde an seiner Stelle König.«

»Was geschah denn mit Imotus Sohn?« wollte ich wissen.

»Seine Mutter lief mit ihm davon«, antwortete der alte Mann. »Der Name des Jungen war Ignosi. Die Mutter nahm ihn mit sich in die große Wüste. Niemand hat sie je wieder gesehen.«

»Wenn aber der Junge Ignosi überlebt hätte, wäre er jetzt der rechtmäßige König des Volkes der Kukuana?«

»So ist es. Und um seine Taille hätte er die heilige Schlange tätowiert. Das ist das Zeichen des erstgeborenen Sohnes eines Königs. Wenn er lebt, dann ist Ignosi unser König. Aber ach, er ist schon lange tot.«

Am nächsten Tag führte uns die Straße an einem großen Dorf vorbei. Es war von einem hohen Zaun und einem Graben umgeben. Die Leute aus dem Dorf müssen gesehen haben, wie wir näher kamen, denn bald strömten immer mehr Männer aus den Toren.

»Habt keine Angst«, sagte Infadoos. »Das sind meine Krieger. Die Männer kommen nur, um euch zu begrüßen.«

Etwa eine halbe Meile außerhalb des Dorfes lag eine langgestreckte Anhöhe. Hier stellten sich die Krieger in einer Formation auf. Es war ein beeindruckender Anblick. Jede Kompanie bestand aus etwa dreihundert Männern. Mit wehenden Federbüschen und blitzenden Speeren reihten sie sich auf dem Hang auf. Als wir schließlich die Anhöhe erreichten, standen dort zwölf Kompanien. Fast viertausend Krieger erwarteten uns. Als wir an ihnen vorbeigingen, dachte ich, daß dies die stattlichsten Männer waren, die ich je gesehen hatte. Die meisten waren nicht mehr ganz jung, vielleicht vierzig Jahre alt. Und keiner von ihnen war kleiner als zwei Meter. Auf den Köpfen trugen sie schwarze Federbüsche

und um die Taille Gürtel, die mit Ochsenschwänzen behängt waren. Jeder Krieger trug ein Schild und einen Speer.

»Das ist also Twalas Armee«, sagte ich.

Infadoos lächelte bitter. »Dies ist nur ein kleiner Teil davon«, antwortete er. »Du wirst Twalas ganze Macht zu sehen bekommen, wenn wir die Hauptstadt erreichen.«

Twala, der König

Am nächsten Tag erreichten wir die Hauptstadt mit Namen Loo, in der König Twala residierte. Es war eine gewaltige Stadt, die aus Hunderten von Hütten bestand. Ganz in der Nähe, etwas nördlich, lag ein sonderbarer, hufeisenförmiger Hügel. Und ein Stück weiter entfernt erhoben sich drei große Berge mit schneebedeckten Gipfeln aus der Ebene.

Infadoos sah, daß wir zu diesen Bergen hinübersahen.

»Dort endet diese Straße«, erklärte er. »Die Berge sind voller Höhlen. Und zwischen den Bergen gibt es eine tiefe Schlucht. Dort werden unsere Könige begraben. Wir nennen sie die Schlucht des Todes.«

»Und da sind die Schatzkammern von König Salomon«, murmelte ich, an meine Gefährten gewandt. »Ich bin ganz sicher.«

Umbopa lächelte kurz. »Ja«, sagte er. »Die Diamanten liegen sicherlich da versteckt. Ihr werdet sie sehen, ihr weißen Männer. Ihr seid ja so verrückt nach Geld und Gold.«

»Woher willst du das wissen?« gab ich scharf zurück.

Umbopa lachte. »Das habe ich letzte Nacht geträumt, weißer Mann.«

Nachdem wir ein paar hundert Meter in die Hauptstadt hineingegangen waren, kamen wir an einen eingezäunten Bereich. Viele Kompanien von Kriegern standen hier, es mögen wohl an die sieben- oder achttausend gewesen sein.

Wir gingen auf eine große Hütte zu. Später erfuhr ich, daß hier der König wohnte. Der Platz vor der Tür war frei, nur einige Sitze waren aufgebaut. Auf ein Zeichen von Infadoos hin setzten wir uns auf drei der Stühle. Umbopa blieb hinter uns stehen.

Die Tür der Hütte öffnete sich. Ein gewaltiger Mann trat heraus. Über seiner Schulter trug er ein herrliches Leopardenfell. Hinter dem großen Mann kam der Junge Scragga. Und dann erschien noch etwas, das wie ein mageres Äffchen aussah und in einen Umhang aus Fell gehüllt war.

Stille breitete sich aus.

Dann warf der riesige Mann das Leopardenfell ab. Er hatte das abstoßendste Gesicht, das wir jemals gesehen hatten. Die Lippen waren wulstig, die Nase flach, und er hatte nur ein Auge. Der Mann sah unheimlich und grausam aus.

Wir hatten angenommen, daß dieser große Mann der König war, und wir hatten recht damit. Nun hob er den langen Speer, den er in der Hand hielt. Achttausend Stimmen riefen den Königsgruß: *»Koom!«*

Dann war wieder alles still. Plötzlich ein Geräusch. Einem Krieger war mit lautem Klappern sein Schild aus der Hand gefallen.

Twala warf aus seinem einzigen kalten Auge einen
Blick in die Richtung, aus der das Geräusch kam.

»Komm her!« brüllte er mit Donnerstimme.

Ein stattlicher junger Mann trat aus der Gruppe vor und blieb vor dem König stehen.

»Hund!« schnarrte der König. »Du hast mich vor diesem Fremden blamiert.«

»Das war keine Absicht«, stammelte der junge Krieger.

»Scragga!« dröhnte die Stimme des Königs. »Zeig mir, wie du mit deinem Speer umgehen kannst. Töte diesen Mann!«

Mit einem gemeinen Grinsen trat Scragga vor.

»Eins! Zwei!« schrie er, als er seinen Speer hin- und herbewegte.

Dann warf er.

Der junge Krieger warf die Hände in die Luft, ehe er tot zu Boden sank. Der Speer hatte ihn durchbohrt.

Blut

»Weiße Männer«, schnarrte Twala. »Woher kommt ihr und was sucht ihr hier?«

»Wir kommen von den Sternen«, antwortete ich. »Frag uns nicht, wie. Wir wollen dieses Land gern kennenlernen.«

»Ich hatte eigentlich vor, euch zu töten«, erklärte der König.

Ich lachte laut, obwohl mir gar nicht nach Lachen zumute war.

»O König«, warnte ich ihn. »Sei vorsichtig. Haben deine Männer dir nicht erzählt, wie wir den Tod durch die Luft schicken können?«

»Sie haben es mir erzählt. Und ich glaube ihnen nicht. Laßt mich sehen, wie ihr einen Mann tötet.«

»Nein«, antwortete ich. »Wir töten Menschen nur, um sie zu bestrafen. Befiehl deinen Männern, einen Ochsen durch das Tor dort zu treiben. Bevor er auch nur zwanzig Schritte gelaufen ist, wird er tot umfallen.«

»Nun gut«, sagte der König. »Laßt einen Ochsen hereintreiben.«

Zwei Männer rannten sofort los, um seinen Befehl auszuführen.

Ich drehte mich zu Sir Henry um. »Nun«, sagte ich leise. »Wollen Sie schießen? Ich möchte Twala beweisen, daß ich nicht der einzige Magier von uns dreien bin.«

Sir Henry nahm das Gewehr. »Hoffentlich wird es ein guter Schuß«, murmelte er.

In diesem Moment stolperte ein Ochse durch das Tor. Sir Henry riß das Gewehr hoch.

PENG! Der Ochse fiel auf den Rücken, Sir Henry hatte ihn zwischen den Rippen getroffen. Ein erstauntes Raunen ging durch die Menge.

Ich drehte mich gelassen um.

»Habe ich gelogen, König Twala?«

»Nein, weißer Mann. Es ist die Wahrheit«, erwiderte er.

In diesem Augenblick erhob sich die affenähnliche Gestalt und trat aus dem Schatten der Hütte.

Ich sah das erstaunlichste Gesicht, das mir jemals vor Augen gekommen war. Es war das einer unglaublich alten Frau. Es war so zusammengeschrumpft, das es kaum größer war als das eines einjährigen Kindes. Tiefe gelbe Falten durchfurchten die Haut. Zwischen diesen Falten lagen ein schmaler Mund und ein spitzes Kinn. Die Nase war kaum zu erkennen. Aber die großen schwarzen Augen waren voller Glanz und Klugheit.

Die uralte Frau riß plötzlich einen knochigen Arm hoch und begann mit schriller Stimme zu sprechen:

»Höre, o König! Hört, ihr Leute! Hört, was Gagool sagt. Ich sehe in die Zukunft, ich sehe in die Zukunft!«

Die Worte erstarben in einem Wimmern. Alle, die diese Stimme hörten, wurden von Schrecken ergriffen – auch wir. Die alte Frau war wirklich furchterregend.

»*Blut! Blut! Blut!* Ströme von Blut! Überall Blut! Ich kann es sehen, riechen, schmecken. Ich bin alt. Gagool ist alt. Ich habe viel Blut gesehen. Aber ich werde noch mehr Blut sehen, bevor ich sterbe.«

Gagool wandte uns ihr schreckliches Gesicht zu.

»Was sucht ihr hier, weiße Männer?« fragte sie. »Wenn ihr wegen der leuchtenden Steine hier seid: die werdet ihr erst finden, wenn das Blut getrocknet ist.«

Die alte Frau zeigte mit dem Finger auf Umbopa. »Und du«, zischte sie. »Wer bist *du*? Was suchst *du* hier? Ich glaube, ich kenne dich. Ich kann das Blut in deinen Adern riechen. Nimm deinen Gürtel ab!«

»Genug!« rief Twala. Er preßte eine Hand gegen seine Stirn. »Ich brauche Zeit zum Nachdenken. Weiße Männer, geht in Frieden. Heute nacht findet ein großes Fest statt. Wenn es vorbei ist, werde ich wissen, was mit euch geschehen soll.«

Ich bin Ignosi!

Wir wurden zu einer Hütte geführt, in der wir drei Weißen untergebracht waren. Ich bat Infadoos, mit uns einzutreten.

»Mir scheint«, sagte ich, »daß Twala ein grausamer Mann ist.«

»So ist es, ihr Herren. Ach, das Land schreit auf unter seiner Grausamkeit.«

»Warum setzt das Volk ihn denn nicht ab?«

»Wenn er getötet würde, dann wäre Scragga sein Nachfolger. Und Scraggas Herz ist noch schwärzer als das seines Vaters. Wäre Imotu nicht ermordet worden, oder wenn sein Sohn Ignosi noch lebte, dann ginge es uns besser. Aber sie sind beide tot.«

»Woher weißt du, daß Ignosi tot ist?« fragte eine Stimme hinter uns. Es war Umbopa.

»Was meinst du, Junge?« fragte Infadoos. »Und wer hat dich aufgefordert zu sprechen?«

»Ich will euch eine Geschichte erzählen«, sagte Umbopa. »Vor vielen Jahren wurde Imotu in diesem Land getötet. Seine Frau floh mit ihrem Sohn Ignosi. So war das doch?«

»So war es.«

»Und es heißt, daß die Frau und der Junge oben in den Bergen oder in der Wüste gestorben sind?«

»Ja, so heißt es.«

»Nun, so ist es aber nicht. Die Mutter und ihr Sohn Ignosi sind nicht gestorben. Sie überquerten die Berge. Und dann wurden sie von einem Nomadenstamm durch die Wüste mitgenommen. Schließlich kamen sie wieder in eine Gegend, wo es Wasser und Gras gab.«

»Woher willst du das wissen?«

»Hört zu. Monatelang zogen sie weiter. Am Ende kamen sie zu einem Stamm, den man Amazulu nennt. Die Amazulu gehören auch zum Volk der Kukuana. Hier blieben Mutter und Sohn, bis die Frau schließlich starb. Nach ihrem Tod ging ihr Sohn Ignosi wieder auf Wanderschaft. Er ging in das Land der Wunder, wo die weißen Männer leben. Viele Jahre lang lernte er die Weisheit der weißen Männer kennen.«

»Eine hübsche Geschichte«, schnaubte Infadoos.

»Lange Zeit lebte er dort. Er arbeitete als Diener und als Soldat. Und in all den Jahren vergaß er nicht, was seine Mutter ihm über den Ort erzählt hatte, wo er geboren war. Er wartete auf eine Gelegenheit, um an diesen Ort zurückzukehren. Und schließlich kam diese Gelegenheit. Er begegnete einigen weißen Männern, die in das Kukuanaland reisen wollten. So schloß er sich ihnen an und durchquerte mit ihnen die große Wüste. Sie kamen in das Land der Kukuana. Und da trafen sie dich, Infadoos.«

»Das ist verrückt, was du da erzählst«, antwortete der alte Mann verwundert.

»Warte, ich will euch etwas zeigen.«

»Was meinst du denn?«

»Ich bin Ignosi, der rechtmäßige König der Kukuana!«

Mit einer einzigen kurzen Bewegung warf er den Gürtel von seiner Taille und stand nackt vor uns.

»Seht ihr?« fragte er. »Was ist das?« Er zeigte auf eine Tätowierung, die er rund um seine Taille trug: eine blaue Schlange.

Infadoos starrte ihn an, seine Augen quollen ihm aus den Höhlen. Dann fiel er auf die Knie.

»Koom!« stammelte er. »Er ist der König.«

Die Hexenjagd

Den Rest des Tages ruhten wir uns aus und redeten über unsere Lage. Wir beschlossen, Umbopa zu helfen, so gut wir konnten. Wie wir das allerdings tun wollten, das wußten wir noch nicht genau.

Kurz bevor es dunkel wurde, kamen drei Männer zu unserer Hütte. Jeder von ihnen trug einen glänzenden Kettenpanzer und eine große Streitaxt.

»Dies sind Geschenke von unserem Herrn, dem König, an die weißen Männer von den Sternen«, sagte einer der Krieger.

»Wir danken dem König«, antwortete ich. »Ihr könnt gehen.«

Neugierig sahen wir uns die Kettenhemden an. Es war die herrlichste Metallarbeit, die wir je gesehen hatten.

»Sie stammen von unseren Ahnen«, erklärte Infadoos. »Es sind magische Hemden, durch die kein Speer dringen kann. Entweder schätzt der König euch sehr, oder er fürchtet sich vor euch. Tragt diese Panzerhemden heute abend, ihr Herren.«

Um acht Uhr schien der Vollmond in seiner ganzen Größe. Wir wurden zu dem eingezäunten Bezirk geführt. Der Platz war voller Menschen, an die zwanzigtausend Krieger standen um ihn herum, in Regimentern angeordnet.

Die einzelnen Regimenter waren wiederum in Kompanien unterteilt. Zwischen den einzelnen Kompanien blieben schmale Gänge frei, in denen die Hexensucher auf und ab gehen konnten.

»Sie sind sehr still«, bemerkte Good.

»Der Schatten des Todes hängt über ihnen«, murmelte Infadoos grimmig.

Eine kleine Gruppe von Menschen trat aus der Hütte des Königs. Infadoos ergriff wieder was Wort.

»Da kommen König Twala und sein Sohn Scragga. Und Gagool ist auch dabei. Und bei ihnen sind die, die töten.«

Er zeigte auf eine Gruppe von vielleicht zwölf riesigen, gefährlich aussehenden Männern, die in einer Hand Speere, in der anderen Keulen hielten.

Der König nahm auf einem Sessel Platz. »Seid gegrüßt, weiße Männer«, sagte er, als wir auf ihn zukamen. Er hob seinen Speer. Plötzlich hoben sich zwanzigtausend Füße, als würden sie alle einem einzigen Mann gehören, und senkten sich mit einem Donnern wieder auf die Erde.

Dann hörte man das Trappeln vieler Füße. Aus den Mengen der Krieger kamen seltsame, furchterregende Gestalten auf uns zugelaufen. Es waren Frauen. Die meisten von ihnen waren alt. Ihr weißes Haar flog hinter ihnen her. Auf ihre Gesichter hatten sie gelbe und weiße Streifen gemalt. Über ihrem Rücken trugen sie Schlangenhäute und um die Taillen Gürtel, an denen Menschenknochen hingen. »Findet sie!« gellte Gagools Stimme.

Mit einem wilden Geschrei rannten die Frauen in alle Richtungen auseinander. Plötzlich legte eine alte Frau ihre knochige Hand auf die Schulter eines Kriegers, der vor Schreck in sich zusammensank.

»Töten!« schrie Gagool.

Einer der grausam aussehenden Männer trat vor, warf seinen Speer und durchbohrte das Herz des Opfers.

»Einer!« zählte König Twala.

So ging das tödliche Spiel weiter, bis schließlich einige hundert Tote zwischen den Reihen lagen. Einmal kam eine der alten Frauen auch auf uns zu. Aber ich legte die Hand auf den Revolver an meiner Seite, und sie huschte schnell davon.

Endlich hatte König Twala genug von dem Blutvergießen.

»Das reicht«, befahl der König.

Der Plan

Wir kehrten in unsere Hütte zurück. Uns war übel von dem, was wir gesehen hatten. Unser Entschluß, Umbopa zu seinem rechtmäßigen Thron zu verhelfen und den grausamen Twala abzusetzen, stand fester als je zuvor.

Einige Stunden vergingen. Plötzlich trat Infadoos in unsere Hütte, und mit ihm ein halbes Dutzend Unterhäuptlinge.

»Ihr Herren«, begann Infadoos. »Diese Männer hier haben den Befehl über dreitausend Krieger. Ich habe ihnen berichtet, was ich mit meinen Augen gesehen und mit meinen Ohren gehört habe. Laßt sie nun auch die heilige Schlange sehen und die Geschichte von Ignosi hören.«

Anstelle einer Antwort legte Ignosi noch einmal den Gürtel ab und zeigte die blaue Tätowierung. Dann erzählte er seine Geschichte zum zweiten Mal.

»Ihr habt es gehört«, sagte Infadoos, als er geendet hatte.

»Was sagt ihr? Wollt ihr zu diesem Mann stehen und ihm zu dem Thron seines Vaters verhelfen? Unter Twala schreit das Volk auf!«

Der älteste der sechs Häuptlinge, ein kleiner stämmiger Krieger mit weißem Haar, trat einen Schritt vor und antwortete:

»Deine Worte sind wahr, Infadoos. Das Volk schreit auf. Mein eigener Bruder war unter denen, die heute nacht sterben mußten. Aber es ist doch eine schwierige Entscheidung. Woher wissen wir, daß er kein Betrüger ist? Wenn er wirklich der rechtmäßige König ist, soll er uns ein Zeichen geben. Dann werden unsere Krieger uns folgen, weil sie wissen, daß die Magie der weißen Männer mit ihnen ist.«

»Ihr habt doch das Zeichen der Schlange«, antwortete ich.

»Herr, das reicht uns nicht. Die Schlange kann zu irgendeiner Zeit eintätowiert worden sein. Gebt uns ein Zeichen!«

Ich wandte mich zu Sir Henry und Good und erklärte ihnen die Lage.

»Ich glaube, ich habe eine Idee«, sagte Good plötzlich. »Bitte sie, uns einen Moment Zeit zum Nachdenken zu geben.«

Das tat ich, und die Häuptlinge zogen sich zurück. Good zog einen Taschenkalender aus seiner Jacke. »Ist nicht morgen der vierte Juni?« fragte er aufgeregt.

Wir hatten genau notiert, welches Datum wir gerade hatten. So konnten wir seine Frage bejahen.

»Sehr gut. Hmm – hier haben wir es. ›Vierter Juni, totale Mondfinsternis, beginnend um 8.15 Uhr, sichtbar in Teneriffa, *Afrika* und so weiter.‹ Da haben wir unser Zeichen. Sag ihnen, daß wir morgen den Mond verdunkeln werden.

»Und wenn der Kalender nun nicht stimmt?« fragte Sir Henry. »Wenn wir sagen, der Mond wird verschwinden – und er tut es gar nicht...«

»Dann werden wir mit Sicherheit umgebracht«, sagte ich.

»Das Risiko müssen wir schon eingehen«, murmelte Good. Er war damit beschäftigt, mit einem Bleistiftstummel Berechnungen in seinen Kalender zu kritzeln. »Wenn ich es richtig sehe, beginnt die Mondfinsternis hier ungefähr um zehn Uhr morgen abend. Und sie dauert bis etwa halb zwölf. Das wären also schätzungsweise eineinhalb Stunden völlige Dunkelheit.«

»Sehr gut«, erklärte Sir Henry. »Wir sollten es wirklich riskieren.«

Ich rief die Häuptlinge wieder herein.

»Große Häuptlinge!« sagte ich schlicht zu ihnen. »Ihr sollt euer Zeichen haben. Morgen abend werden wir den Mond verschwinden lassen.«

Wir löschen den Mond aus

Irgendwie brachten wir den nächsten Tag herum. Gegen halb neun Uhr abends kam ein Bote von König Twala, um uns zum *großen Tanz der Mädchen* zu holen, der gleich beginnen sollte.

Hastig zogen wir die Kettenpanzer an, die der König uns geschickt hatte, und begaben uns zu der Einfriedung. Heute war der Platz voller junger Kukuana-Mädchen. Mitten auf dem von Mondlicht erleuchteten Platz saß König Twala, zu seinen Füßen Gagool. Außerdem waren da noch Infadoos, der junge Scragga und ein Dutzend Krieger.

Einige Häuptlinge standen auch um ihn herum, darunter unsere Freunde vom vergangenen Abend.

Twala nickte uns kühl zu, als wir ankamen. »Der Tanz soll beginnen«, befahl er.

Im nächsten Moment sprangen die Mädchen vor, sangen ein liebliches Lied und tanzten anmutig im Mondlicht. Sie hörten nicht auf, bis sie erschöpft waren.

»Welche findest du am schönsten, weißer Mann?« fragte Twala mich.

Ohne darüber nachzudenken, zeigte ich auf eines der Mädchen, das mir besonders gut gefallen hatte.

»Dann soll sie sterben!« schnarrte Twala.

»Ja, sie soll sterben!« kreischte die alte Gagool.

Ich öffnete den Mund, um zu protestieren. Aber Twala sprach als erster. »Das ist so Brauch bei uns. Jedes Jahr opfern wir unsere beste Tänzerin den Bergen und der Schlucht des Todes. Scragga, nimm deinen Speer.«

Zwei Krieger schleiften das schreiende Mädchen vorwärts. Scragga lachte und hob seinen Speer. Das Mädchen mußte von einer großen inneren Kraft beherrscht worden sein, denn sie schleppte sich von den Kriegern weg und warf sich vor uns auf die Knie.

»Weiße Männer«, bettelte sie. »Ich flehe euch an, beschützt mich!«

»Hab keine Angst, Kind«, sagte Good gelassen. »Wir werden uns um dich kümmern.«

Twala brüllte vor Wut. Seine Leibwächter kamen auf uns zu.

»Wo bleibt die Mondfinsternis?« zischte Sir Henry in mein Ohr.

»Noch nichts davon zu sehen«, mur-

melte ich zurück. »Wir machen uns besser bereit, uns hier herauszukämpfen!«

Ein Ruf von dem wütenden König, und weitere Männer kamen hinter der Hütte hervorgelaufen. Sir Henry, Good und Ignosi bauten sich neben mir auf und hoben ihre Gewehre.

»Stopp!« rief ich laut, obwohl mir mein Herz schon lange in die Hose gerutscht war. »Wenn ihr noch einen Schritt näher kommt, werden wir den Mond auslöschen und euer Land in Dunkelheit versinken lassen.«

Während ich sprach, schob sich wie von Zauberhand ein schmaler schwarzer Schatten über den Mond. Langsam kroch der dunkle Ring weiter, bald war der Mond nicht mehr zu sehen.

Gerade wollte der letzte dünne Lichtkranz verschwinden. Scragga hob seinen Speer und schleuderte ihn gegen uns. Er prallte gegen Sir Henrys breite Brust und fiel zu Boden. Mit einer blitzschnellen Bewegung hob Sir Henry den Speer auf und warf ihn zurück, auf den Sohn des Königs. Scragga schrie und stürzte tot zu Boden.

Im gleichen Augenblick verschwand der letzte Lichtstreif. Ein Schreckensschrei brach aus der versammelten Menge hervor.

»Kommt schon!« flüsterte ich meinen Gefährten zu. Ich nahm das Mädchen, das zum Tode verurteilt worden war, bei der Hand. »Rennt um euer Leben!«

Koom!

Mit Gottes Hilfe stolperten wir aus der Einfriedung und durch die Straßen der Hauptstadt, ohne gesehen zu werden. Mehr als eine Stunde liefen wir, bis langsam die Mondfinsternis wieder verging. Der Streifen des Mondes, der zuerst verschwunden war, begann sich langsam wieder zu zeigen. Noch eine halbe Stunde, und wir würden genug Licht haben, um zügig aus der Hauptstadt fortzukommen.

Infadoos und seine Häuptlinge warteten außerhalb der Stadt Loo auf uns.

»Ihr habt uns das Zeichen gegeben«, sagte der alte Mann kurz. »Die Häuptlinge stehen zu euch. Sie haben ihre Männer vorausgeschickt, damit sie auf uns warten.«

Wir näherten uns dem flachen, hufeisenförmigen Hügel. Dort oben standen die Krieger der Häuptlinge. Insgesamt waren es wohl zwanzigtausend Männer.

Sie hatten zu drei Seiten eines Rechtecks Position bezogen. Wir stellten uns auf die noch offene Seite. Dann sprach Infadoos zu den Kriegern.

In kurzen Worten erklärte er, was geschehen war und daß Umbopa in Wirklichkeit Ignosi, der rechtmäßige König der Kukuana, war. Dann forderte er Umbopa – oder sollte ich lieber Ignosi sagen? – auf, zu den Männern zu sprechen. Ignosi trat vor.

»Ich bin der König. Ich sage euch, ich bin der König«, erklärte er und richtete sich zu seiner ganzen Größe auf. Seine Streitaxt hatte er über den Kopf erhoben.

Ein erstauntes Murmeln erhob sich aus der Menge. Ignosi wartete einen Augenblick und fuhr dann fort.

»Ich bin tatsächlich der König. Und wenn ihr mir in der Schlacht zur Seite steht, und wenn ich an diesem Tag siege, dann werdet ihr mit mir Sieg und Ehre davontragen. Ich werde euch Rinder und Frauen geben. Und wenn ihr fallt, dann falle ich mit euch.

Und ein Versprechen gebe ich euch noch. Wenn ich an diesem Tage siegreich bin, dann wird das Blutvergießen im Land ein Ende haben. Ihr sollt nicht länger nach Gerechtigkeit schreien und dafür den Tod finden. Jeder Mann soll sicher in seiner Hütte schlafen. Habt ihr euch entschieden, Häuptlinge, Führer, Krieger, Männer?«

»Wir haben uns entschieden, oh König!« schallte die Antwort zurück.

»Das ist gut. Dreht eure Köpfe. Twalas Boten eilen aus der Stadt in alle Richtungen, nach Norden und Süden, Osten und Westen. Sie sollen eine mächtige Armee zusammenbringen, um mich, euch und meine Freunde und Beschützer hier zu besiegen. Morgen oder übermorgen wird er mit allen seinen Kriegern kommen. Und dann werde ich sehen, wer wirklich zu mir steht.

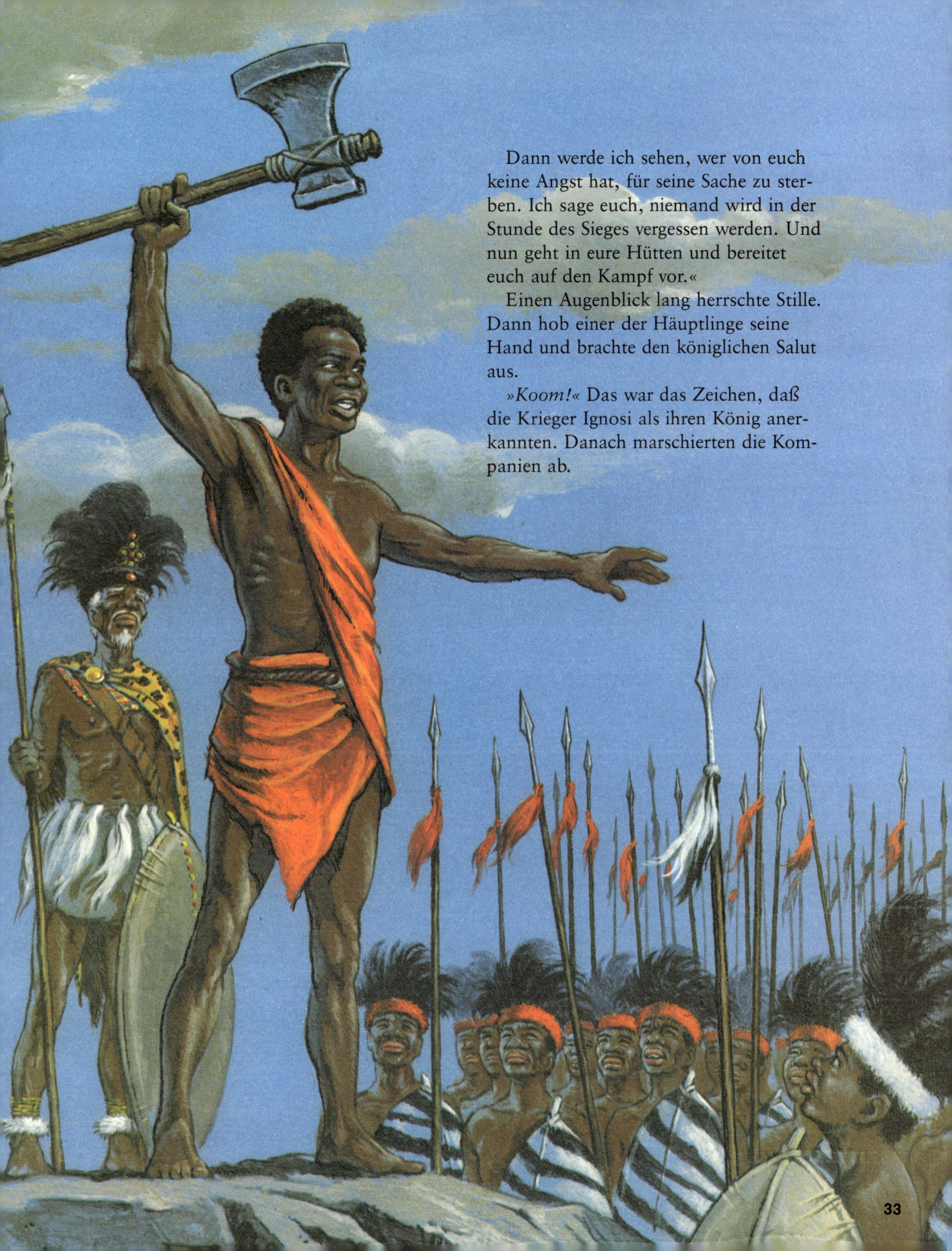

Dann werde ich sehen, wer von euch keine Angst hat, für seine Sache zu sterben. Ich sage euch, niemand wird in der Stunde des Sieges vergessen werden. Und nun geht in eure Hütten und bereitet euch auf den Kampf vor.«

Einen Augenblick lang herrschte Stille. Dann hob einer der Häuptlinge seine Hand und brachte den königlichen Salut aus.

»Koom!« Das war das Zeichen, daß die Krieger Ignosi als ihren König anerkannten. Danach marschierten die Kompanien ab.

Der Bote

Nachdem wir uns ausgeruht hatten, hielten wir einen Kriegsrat ab. Es war uns allen ganz klar, daß wir früher oder später von einer großen Streitmacht angegriffen werden würden. Vom Gipfel unseres Hügels aus konnten wir sehen, wie sich die Truppen sammelten. Immer noch brachen Boten aus der Stadt Loo in alle Himmelsrichtungen auf.

Auf unserer Seite hatten wir ungefähr zwanzigtausend Männer. Infadoos schätzte, daß Twala mindestens dreißigtausend Krieger hatte und daß er vielleicht noch etwa fünftausend hinzurufen könnte.

Wir lösten unsere Versammlung auf und machten uns daran, unsere Stellung zu sichern. Große Felsbrocken wurden auf den Gipfel gebracht, damit wir sie auf die Angreifer hinabrollen konnten. Überall stellten wir Wachen auf.

Kurz vor Sonnenuntergang, als wir gerade wieder eine kleine Ruhepause machten, berichtete einer der Wächter, daß eine kleine Gruppe von Männern aus der Stadt Loo auf uns zukäme. Einer der Männer trug einen Palmwedel in der Hand als Zeichen, daß er in friedlicher Absicht als Bote kam.

Als er sich näherte, stiegen Ignosi, Infadoos, ein oder zwei unserer Häuptlinge und wir selbst den Hügel hinunter und gingen ihm entgegen. Der Bote war ein gutaussehender Krieger mit einem Leopardenfell über der Schulter.

»Seid gegrüßt«, sagte er, als er uns näher kommen sah. »Ich bringe Grüße vom König zu denen, die einen unheiligen Krieg gegen ihn führen.«

»Sprich!« antwortete ich ihm.

»Dies sind die Worte des Königs. Ergebt euch dem König, bevor euch Schlimmeres geschieht.«

»Welches sind Twalas Bedingungen?« fragte ich aus reiner Neugier.

»Seine Bedingungen sind großzügig, wie es sich für einen großen König geziemt. Nur jeder zehnte von euch wird getötet, den restlichen Männern schenkt er das Leben. Die weißen Männer und der Schwarze, der seinen Thron beansprucht, sollen zu Tode gefoltert werden.«

Ich besprach mich kurz mit den anderen und antwortete dem Boten des Königs dann mit lauter Stimme, so daß die Krieger meine Worte hören konnten.

»Geh zurück zu Twala, du Hund. Sag ihm, daß wir uns nicht ergeben. Bevor die Sonne zweimal untergegangen ist, wird sein Körper tot am Tor seiner Hütte hängen, und Ignosi wird an seiner Stelle auf dem Thron sitzen.«

Der Bote lachte. »Mit solchen Worten könnt ihr einen echten Mann nicht einschüchtern!« rief er. »Wir werden ja sehen, ob ihr morgen in der Schlacht auch noch so mutig seid. Lebt wohl. Vielleicht treffen wir in der Schlacht aufeinander.«

Der Bote drehte sich um und lief leichtfüßig zur Hauptstadt zurück. Auch wir kehrten um und stiegen wieder auf den Hügel. Es gab noch eine Menge zu tun, bevor der Morgen anbrach.

Vor der Schlacht

Es war eine unruhige Nacht. So gut es beim Mondschein möglich war, setzten wir unsere Vorbereitungen für den nächsten Tag fort.

An dem Platz, wo wir unsere Beratungen abhielten, herrschte ein ständiges Kommen und Gehen von Boten und Wachen. Etwa eine Stunde nach Mitternacht war alles getan, was getan werden konnte. Die meisten Krieger schliefen jetzt langsam ein, nur hier und da rührte sich noch ein Wächter.

Sir Henry und ich gingen zusammen mit Ignosi und einem der Häuptlinge den Hügel hinab, um die Außenposten zu inspizieren. Immer wieder tauchten ganz plötzlich glänzende Speere aus der Dunkelheit auf, die aber sofort verschwanden, wenn wir das Losungswort flüsterten. Das war ein gutes Zeichen dafür, daß die Wachen auf ihren Posten nicht schliefen. Beruhigt stiegen wir wieder auf den Hügel.

Immer wieder mußten wir über schlafende Männer klettern. Viele von ihnen schliefen zum letzten Mal auf dieser Erde.

Bleiches Mondlicht flackerte über Speere und Gesichter und ließ die Männer gespenstisch aussehen. Der kalte Nachtwind spielte mit ihren Federbüscheln. Kreuz und quer lagen sie da, mit ausgestreckten Armen und verdrehten Beinen. Im Mondschein sahen diese starren Formen unheimlich und gar nicht menschlich aus.

»Was denkst du, wie viele von ihnen werden morgen um diese Zeit noch am Leben sein?« fragte Sir Henry.

»Ich zweifle sehr daran, ob überhaupt jemand von uns den morgigen Tag überlebt«, antwortete ich. »Wir werden einen großen Angriff erleben. Ich bin nicht sicher, ob wir unsere Stellung hier oben halten können.«

Sir Henry zuckte die Schultern. »Das Schicksal bevorzugt die Mutigen. Vielleicht haben wir ja Glück. Aber es wird ein schlimmes Gemetzel werden. Und wir werden mittendrin stecken.«

Nach diesem Gespräch bereiteten wir uns langsam auf den Kampf vor. Wir waren Twala dankbar für die Panzerhemden, die wir jetzt anzogen.

Sir Henry ging noch weiter. Er hatte von Infadoos eine vollständige Kriegerausrüstung bekommen. Um seine Schultern legte er das Leopardenfell eines Befehlshabers. Um die Stirn band er sich den Kopfschmuck aus schwarzen Straußenfedern, den nur Generäle tragen dürfen. Einen Gürtel aus weißen Ochsenschwänzen wand er um die Taille. Dazu kam noch ein Paar Sandalen, eine schwere Streitaxt, ein eiserner Schild und einige Wurfmesser. Außerdem steckte er seinen Revolver in den Gürtel.

Good und ich sahen bei weitem nicht so beeindruckend aus. Aber wir hatten immerhin unsere Revolver bei uns, und wir hatten dafür gesorgt, daß unsere zwei Träger mit unseren Gewehren dicht hinter uns blieben. Mit der Munition mußten wir jedoch sparsam umgehen.

Hastig verschlangen wir ein karges Frühstück und gingen dann hinaus. Infadoos hatte sein Regiment, die Grauen, bereits um sich versammelt. Diese Männer waren die besten Krieger der ganzen Armee. Sie waren es auch, die uns einige Tage vorher bei unserer Ankunft in der Hauptstadt begrüßt hatten.

Das Regiment von Infadoos sollte als Reservetruppe dienen. Die Männer legten sich ins hohe Gras und beobachteten die Krieger des Königs, die langsam, wie Kolonnen von Ameisen, aus der Hauptstadt herausgekrochen kamen. Die Reihen von Männern schienen nicht enden zu wollen. Insgesamt waren es drei große Gruppen, und jede bestand aus ungefähr zwölftausend Mann.

Kaum waren alle Krieger aus der Stadt herausmarschiert, formierten sie sich. Dann marschierte eine Gruppe nach rechts, eine nach links, und die mittlere kam langsam genau auf uns zu.

»Ah«, sagte Infadoos. »Sie wollen uns von drei Seiten gleichzeitig angreifen.«

Der Angriff

Langsam krochen die drei Truppenteile auf uns zu. Als sie noch etwa fünfhundert Schritte entfernt waren, blieben die Männer in der Mitte auf der Ebene stehen.

»Versuch zu schießen«, drängte Sir Henry mich. »Sieh mal zu, wie nah du an den langen Kerl herankommst, der den Befehl zu haben scheint!«

Ich legte mich hinter einem Felsen in Position. Der große Krieger da unten ging gerade zehn Schritte vor, um besser sehen zu können.

Ich zielte bedächtig und zog dann den Abzug durch.

Als sich das Mündungsfeuer verzogen hatte, sah ich zu meinem Entsetzen, daß der Befehlshaber noch unverletzt war. Dafür lag aber einer seiner Krieger, nur drei Schritte links von ihm, ausgestreckt am Boden.

Der große Krieger drehte sich um und

rannte zu seinem Regiment zurück. Ich stand auf und schickte ihm einen zweiten Schuß hinterher. Der arme Mann riß die Arme in die Luft und fiel nach vorn auf sein Gesicht.

Unsere Krieger hatten die Schüsse gesehen und brachen in ein wildes Geschrei aus. Unten zog sich der Feind verwirrt ein Stück zurück. Auch Sir Henry und Good nahmen jetzt ihre Gewehre und feuerten. Soweit ich sehen konnte, erledigten wir noch acht bis zehn feindliche Krieger, ehe die anderen außer Reichweite waren.

Als wir mit dem Schießen aufhörten, hörten wir von rechts lautes Geschrei. Und ein ähnliches Geschrei kam auch von der linken Seite. Die beiden anderen Truppen griffen an. Bei dem Lärm wandten sich die feindlichen Krieger unterhalb von uns um und kamen mit langsamen Schritten wieder auf unseren Hügel zu. Bei ihrem Vormarsch sangen sie mit tiefen Stimmen ein unheimliches Lied. Wir feuerten ununterbrochen aus unseren Gewehren, aber wir konnten die Welle von Männern nicht aufhalten.

Da kamen sie, mit Geschrei und klappernden Speeren. Jetzt erreichten sie die Außenposten, die wir am Fuß des Hügels aufgestellt hatten. Nun verlangsamte sich ihr Vormarsch, denn sie mußten den Hügel hinaufsteigen.

Aber sie kamen immer näher, und wir hörten ihren Kampfschrei: *»Twala! Twala! Kampf! Kampf!«*

»Ignosi! Ignosi! Kampf! Kampf!« antworteten unsere Krieger.

Jetzt waren sie schon ganz nahe. Wurfmesser zischten hin und her.

Auf und ab wogten die Massen kämpfender Krieger. Männer fielen wie nasses Herbstlaub zu Boden. Zuerst wurden wir zurückgedrängt. Doch bald waren viele feindliche Krieger gefallen oder verwundet. Nun kamen Twalas Truppen nicht mehr voran.

Zentimeter für Zentimeter drängten wir in verbissenem Kampf die angreifenden Truppen den Hügel hinunter. Schließlich zogen sie sich ungeordnet und verwirrt zurück.

In diesem Augenblick kam ein Bote und berichtete, daß der Angriff auf der linken Seite zurückgeschlagen worden war. Ich hoffte, daß für den Augenblick der Kampf vorbei war. Doch dann sahen wir zu unserem Entsetzen, daß unsere Männer auf der rechten Seite auf dem Rückzug waren. Und ihnen folgte ein Schwarm feindlicher Krieger.

Wir haben die Wahl

Ignosi stand neben mir. Er erfaßte die Situation mit einem Blick. Ein schneller Befehl, und das Reserveregiment der Grauen trat in Erscheinung.

Plötzlich steckte ich mitten in einem wütenden Angriff der Feinde. Es hatte nur zwei oder drei Minuten gedauert, bis sie so nahe waren. Alles, woran ich mich noch erinnern kann, ist das schreckliche Donnern der eisernen Schilde.

Ein großer Krieger stürzte sich direkt auf mich und hob seinen blutigen Speer. Ich warf mich genau vor seinen Füßen auf den Boden. Er stolperte über mich und flog durch die Luft. Schnell sprang ich auf und erledigte ihn mit meinem Revolver.

Eine Ewigkeit lang schien die Entscheidung des Kampfes in der Luft zu schweben. Dann, langsam, ganz langsam, zog sich Twalas Streitmacht den Hügel hinab zurück.

»Was geht hier vor?« fragte ich Good, der an mir vorbeirannte. Der Revolver in seiner Hand rauchte noch.

Good blieb stehen und rang nach Atem. »Fürs erste haben wir sie zurückgedrängt. Wir haben wohl an die zweitausend Männer verloren, aber wir haben etwa dreitausend von ihnen erledigt.«

Wir blieben stehen und beobachteten die Medizinmänner, die sich um die Toten und Verletzten kümmerten. Wenn ein Krieger nicht zu schwer verletzt war, wurde er fortgetragen, um an einem sicheren Ort versorgt zu werden. War aber der Zustand eines verletzten Mannes hoffnungslos, dann öffnete ihm ein Medizinmann behutsam mit dem Messer eine Arterie, so daß der Verletzte schnell sterben konnte.

Ein Stück weit entfernt sah ich Sir Henry in ein Gespräch mit Ignosi und Infadoos vertieft. Ich ging zu ihnen hinüber. »Wir stecken in einer verzwickten Lage«, begrüßte Sir Henry mich. »Für den Moment haben wir Twalas Krieger zurückgedrängt. Aber er sammelt jede Minute neue Männer. Ignosi meint, er könne sie alle am Fuß des Hügels aufreihen und uns ganz einfach aushungern.«

»Was noch schlimmer ist«, fügte Infadoos hinzu, »unsere Wasservorräte gehen zu Ende. Unsere einzige kleine Quelle reicht nicht aus, um so viele Krieger zu versorgen.«

»Was können wir tun?« fragte ich.

Alle Augen wandten sich Ignosi, dem König, zu. Lange Zeit sagte er nichts, er schien ganz in Gedanken versunken zu sein. Schließlich hob er den Kopf.

»Wir haben die Wahl«, sagte er mit tiefer Stimme. »Entweder wir bleiben hier sitzen und warten auf den Tod, oder wir greifen an.«

Er hob die Stimme, so daß er hundert Schritte weit zu hören war.

»Häuptlinge, Männer, Freunde. Ich bin entschlossen. Ich will Twala heute angreifen und mein Schicksal herausfordern. Dabei setze ich mein Leben aufs Spiel. Und auch eure Leben.«

Sterben wie ein Mann

Später am Tag, nachdem alle Männer gegessen und sich ausgeruht hatten, rief Ignosi die Häuptlinge und die Weißen zu einem Kriegsrat zusammen.

»Ich habe mir überlegt, was zu tun ist«, sagte er schlicht. »Wir brechen auf, wenn es anfängt dunkel zu werden. Infadoos, du gehst mit deinem Regiment der Grauen hinunter in die Ebene. Wenn Twala dich kommen sieht, wird er vorpreschen, um euch zu erledigen. Sir Henry geht mit Infadoos. Dann sieht Twala, daß er sich auf einen harten Kampf einlassen muß, wenn er euch besiegen will.«

Sir Henry nickte und klopfte gegen seine blutbespritzte Streitaxt.

»Hinter euch«, fuhr Ignosi fort, »komme ich mit einem zweiten Regiment. Wenn Twala die Grauen besiegt, dann muß er immer noch gegen mich kämpfen. Ist das klar?«

Wir murmelten zustimmend. Ignosis Augen wanderten von Gesicht zu Gesicht.

»Sehr gut«, sagte er schließlich. »Und während Twalas Truppen im Kampf beschäftigt sind, wird ein Drittel unserer Streitmacht – das sind etwa sechstausend Mann – sich von der rechten Seite anschleichen. Noch einmal sechstausend Krieger nähern sich heimlich der linken Flanke von Twalas Armee. Ich werde einen letzten Angriff von der Mitte her führen. Und dann kommen je sechstausend Mann von rechts und links. Wenn das Glück auf unserer Seite ist, dann werden wir diesen Tag siegreich überstehen. Geht jetzt und bereitet euch auf die Schlacht vor.«

Die nächsten Stunden verbrachten alle mit emsigen Vorbereitungen. Plötzlich kam Good auf Sir Henry und mich zu und schüttelte uns die Hand.

»Lebt wohl«, sagte er. »Ich soll mit dem rechten Flügel gehen. Und ich wollte euch nur noch einmal die Hand geben für den Fall, daß wir uns nicht mehr wiedersehen, wenn ihr wißt, was ich meine.«

Unter seltsamem Schweigen schüttelten wir uns die Hände. Wir wußten nicht recht, was wir sagen sollten.

»Es ist schon eine komische Sache«, sagte Sir Henry, und seine Stimme zitterte ein bißchen. »Ich gebe zu, ich erwarte nicht, daß ich morgen noch einmal die Sonne aufgehen sehe. Wenn ich es richtig verstanden habe, sollen die Grauen – mit denen ich ja gehe – kämpfen, bis sie ausgelöscht sind. Und dann erst sollen die Angriffe von den beiden Flügeln kommen. Tja, so soll es denn sein. Auf jeden Fall will ich wie ein Mann sterben. Leb wohl, alter Freund. Gott schütze dich.«

Im nächsten Moment hatte Good uns beiden die Hand noch einmal gedrückt und war verschwunden. Dann kam Infadoos und führte Sir Henry zu seinem Platz. Mit gemischten Gefühlen ging ich mit Ignosi zu meiner Stellung bei der Truppe, die als zweite angreifen sollte.

Die beiden Gruppen, die von den Flügeln her angreifen sollten, marschierten ab. Wir anderen marschierten langsam den Hügel hinunter.

Auf in die Schlacht!

Langsam kroch unsere Truppe den Hügel hinab. Ich hörte Infadoos zu seinen Grauen sprechen. Er sagte ihnen, daß es eine große Ehre für sie sei, in der ersten Reihe zum Kampf aufgestellt zu werden.

»Kämpft für euren König!« rief der alte Mann ihnen zu. »Kämpft und fallt für ihn. Das ist die Pflicht eines tapferen Kriegers. Verflucht sei für immer der Name derer, die feige dem Feind den Rücken zudrehen.«

Einen Moment lang herrschte Stille. Dann erhob sich aus den Reihen der Grauen vor uns ein Geräusch, das wie entferntes Donnern einer Brandung klang. Es entstand, als sechstausend hölzerne Speergriffe leise gegen sechstausend eiserne Schilde klopften. Langsam schwoll das Geräusch an, bis es wie gewaltiger Donner klang.

Ignosi antwortete, indem er seine Streitaxt hob. Dann beschleunigten die Grauen ihren Schritt. In sechs Reihen lie-

fen sie den Hügel hinunter, tausend Krieger in jeder Reihe.

Ich schloß mich dem zweiten Regiment an, das *die Büffel* genannt wurde. Wir folgten den Grauen. Ignosi marschierte an der Spitze.

Unten in Twalas Lager herrschte große Aufregung. Ein Regiment nach dem anderen setzte sich unter Gesang in Bewegung.

Beide Armeen wollten eine Erhebung in Form einer Landzunge erreichen, die in die Ebene hinausreichte. Diese Landzunge war nicht breiter als vierhundert Schritte, und an beiden Seiten lagen hohe Felsen.

Die Grauen erreichten die Landzunge als erste. Sie stellten sich am Eingang zu dem Gebiet auf. Unser Regiment der Büffel blieb als Reserve in einer Entfernung von einigen hundert Fuß stehen.

Twalas Männer zögerten einen Augenblick, als sie an dieser engen Stelle drei Truppen von Kukuana-Kriegern sahen.

Ein großer Mann mit einem hohen Federbusch rannte aus den Reihen nach vorn und rief einen Befehl. Ich überlegte einen Moment lang, ob das vielleicht Twala selbst war.

Das erste von Twalas Regimentern stieß einen Schrei aus und stürzte sich auf die Grauen. Die Grauen blieben völlig regungslos stehen, bis die Angreifer auf etwa vierzig Schritte herangekommen waren. Dann plötzlich löste sich eine Lawine von Wurfmessern aus den Reihen der Grauen und prallte gegen Twalas Krieger.

Jetzt sprangen die Grauen mit einem wilden Gebrüll vorwärts und hoben die Speere. Die beiden Regimenter trafen in tödlichem Kampf aufeinander. Im nächsten Moment hörte ich das Donnern von Schilden, die gegeneinanderschlugen.

Die ganze Ebene schien erfüllt zu sein von Lichtblitzen, die von den blanken Speerspitzen zurückgeworfen wurden.

Die letzte Schlacht der Grauen

Auf und ab wogte die dichte Masse kämpfender, ringender Menschen. Es sah aus, als würden die Reihen der Angreifer immer dünner. Dann brachen die Grauen über sie herein, gerade wie eine riesige Welle, die sich über einem versunkenen Riff bricht.

Es war geschafft. Twalas Regiment war völlig vernichtet. Aber auch von den Grauen waren nur noch zwei Reihen übriggeblieben. Ein Drittel der Krieger war tot.

Die restlichen Männer rückten zusammen, Schulter an Schulter. Ich atmete auf, als ich zwischen den ganzen dunklen Gesichtern Sir Henrys blonden Bart sah. Er war gerade dabei, die Reihen von Kriegern zu ordnen. Er war also noch am Leben!

Ignosi gab den Befehl, daß keiner der verwundeten Männer aus Twalas Regiment getötet werden dürfe. Wir taten unser Bestes, um unsere eigenen Verletzten zu versorgen.

Aber nun näherte sich ein zweiter Trupp von Twalas Kriegern, um die restlichen zweitausend Grauen anzugreifen. Wieder hörte ich das schreckliche Donnern der Schilde, die aufeinanderprallten. Das grausame Schauspiel von vorher wiederholte sich.

Die Angreifer kämpften mit verbissener Wut. Zuerst schien es, als würden die jüngeren Männer die Grauen zurückdrängen. Es war ein schreckliches Gemetzel. Mit jeder Minute fielen mehr Krieger. Das Stöhnen der Verletzten mischte sich mit dem Klappern der Speere.

Gerade als wir dachten, nun wäre für die Grauen alles verloren, hörten wir Sir Henrys tiefe Stimme dröhnen. Ich konnte eben noch seine Streitaxt erspähen, die er hoch über seinem Federbusch schwang.

Und dann wendete sich das Blatt. Die Grauen wichen keinen Zentimeter mehr zurück. Fest wie ein Felsen standen sie da. Die wütenden Wellen von angreifenden Speeren prallten immer wieder an diesem Felsen ab.

»Ach, das sind wirklich ganze Männer«, sagte Ignosi.

Plötzlich, wie Rauchwölkchen vor einer Kanonenmündung, brach die angreifende Truppe auseinander und floh. Die weißen Federn ihres Kopfschmucks wehten hinter ihnen her.

Wieder hatten die Grauen gesiegt, aber diesmal waren von den zweitausend, die in den Kampf gegangen waren, nur noch sechshundert übriggeblieben.

Die Überlebenden schwenkten ihre Speere und johlten vor Freude. Dann rannten sie auf einen flachen Hang zu, um ihn in Besitz zu nehmen. Ganz vorn an ihrer Spitze sah ich Sir Henry und bei ihm seinen Freund Infadoos.

Noch einmal warf sich Twalas Regiment auf die kleine Gruppe, die Schlacht begann von neuem.

Greift an!

Ich drehte mich zu Ignosi um. »Wollen wir hier stehenbleiben, bis wir Wurzeln schlagen?« fragte ich.

»Nein«, antwortete er ruhig. »Jetzt ist der Moment gekommen. Greift an!«

Ignosi hob seine Streitaxt und gab damit das Signal zum Angriff. Mit dem Kampfschrei der Kukuana rannte das Regiment der Büffel los. Es war wie eine Flutwelle.

Was dann geschah, kann ich nicht zusammenhängend erzählen. Alles, woran ich mich erinnere, ist ein wildes Rennen, unter dem der Boden zu erzittern schien. Und dann ein furchtbarer Aufprall, als wir auf den Feind stießen. Dazu wildes Brüllen unzähliger Stimmen.

Als ich einigermaßen die Fassung wiedergefunden hatte, fand ich mich mitten zwischen den übriggebliebenen Grauen, direkt hinter Sir Henry.

Wer könnte den Kampf beschreiben, der nun folgte? Wieder und wieder warfen sich Twalas Krieger gegen uns, wieder und wieder wehrten wir sie ab.

Es war entsetzlich anzusehen, wie die Regimenter sich immer wieder einen Weg über ihre Toten hinweg bahnten. Manchmal hielten sie sogar Tote hoch und benutzten sie als Schilde gegen unsere Speere.

Und es war wunderbar, den alten Kriegsherrn Infadoos kämpfen zu sehen, gelassen, als befände er sich bei einer Parade. Er gab Befehle und machte manchen lustigen Spruch, um seine restlichen Männer bei guter Laune zu halten.

Und noch faszinierender war Sir Henry anzusehen. Sein langes blondes Haar wehte hinter ihm her, seine Hände, Speer und Panzerhemd waren rot von Blut. Seinen Speerwurf überlebte kein feindlicher Krieger. Von Zeit zu Zeit sah ich seine Streitaxt herabsausen. Er durchschlug Schilde, Speere, Kopfschmuck, Haare und Schädel mit einem einzigen Schlag. Bald wagte sich niemand mehr in die Nähe des gewaltigen weißen Mannes, der mit tödlicher Sicherheit seine Gegner traf.

Plötzlich hörte man ein Schrei: »Twala! Twala!« Kein anderer als der riesige König sprang aus den Reihen seiner Männer vor. Auch er war mit Schild und Streitaxt bewaffnet und trug ein Panzerhemd.

»Weißer Mann, du hast meinen Sohn getötet!« schrie er. »Laß uns sehen, ob du auch mich töten kannst!« Im gleichen Moment schleuderte er ein Messer auf Sir Henry. Aber der sah es kommen und fing es mit seinem Schild ab.

Dann stürzte sich Twala mit einem Schrei auf ihn. Mit seiner Streitaxt landete er einen so starken Hieb auf Sir Henrys Schild, daß dieser unter der Wucht in die Knie sank.

Bevor Twala ein zweites Mal zuschlagen konnte, ging ein entsetzter Aufschrei durch die Reihen seiner Krieger. Ich sah nach rechts und links. Unsere beiden Regimenter waren uns von den Seiten her zur Hilfe gekommen. Während der Kampf gerade am schlimmsten tobte, hatten sie sich von rechts und links herangeschlichen. Nun stürmten sie die Hänge hinunter und griffen Twalas Männer von beiden Seiten an.

Sieg

Rechts und links wogten auf der Ebene die Federbüschel der angreifenden Truppen. Ich sah, wie in der Verwirrung Twala von seinen Männern mitgerissen wurde, weg von dem hilflosen Sir Henry.

In nur fünf Minuten war die Schlacht entschieden. Als von beiden Seiten unsere Krieger angriffen und die Regimenter der Büffel und der Grauen verstärkten, brach noch einmal ein entsetzliches Gemetzel aus. Twalas Krieger flohen in wilder Panik.

Bald waren überall auf der Ebene zwischen unserem Hügel und der Stadt Loo Grüppchen von fliehenden Soldaten zu sehen. Die Truppen, die noch vor wenigen Augenblicken die Büffel und die Grauen umzingelt hielten, schienen dahinzuschmelzen.

Doch was war es für ein Anblick! Überall lagen Tote und Sterbende. Von den tapferen Grauen waren nur noch neunundfünfzig Männer am Leben. Mehr als zweitausendneunhundert Mann hatte dieses Regiment verloren.

»Männer«, sagte Infadoos ruhig, während ein anderer Krieger eine Wunde am Arm des alten Mannes verband. »Ihr habt dem Namen unseres Regiments große Ehre gemacht. Von dem Kampf dieses Tages werden sich noch eure Enkelkinder erzählen.«

Ein Bote kam, um Infadoos, Sir Henry und mich zu Ignosi zu holen. Schnell folgten wir der Aufforderung.

»Kommt, Freunde«, begrüßte uns der König. »Wir müssen nach Loo ziehen und Twala gefangennehmen. Er ist uns entkommen.«

Mit einer Gruppe von Kriegern rannten wir die Straße zur Hauptstadt hinab. Wir waren noch nicht weit gekommen, da entdeckten wir Good. Er saß mit traurigem Gesicht auf einem Ameisenhaufen. Dicht neben ihm lag ein Kukuana-Krieger.

»Good muß verletzt sein«, meinte Sir Henry erschrocken.

Dann geschah etwas Merkwürdiges. Der Kukuana-Krieger, den wir für tot gehalten hatten, sprang plötzlich auf. Er stieß Good von dem Ameisenhaufen herunter und begann, mit seinem Speer auf ihn einzustechen.

Entsetzt rannten wir zu ihnen, als wir sahen, daß der Krieger gar nicht wieder aufhörte, seinen Speer gegen Good zu richten.

Als der Krieger uns kommen sah, hieb er noch einmal auf Good ein. »Nimm das, du Hexer!« brüllte er. Dann rannte er davon.

Good bewegte sich nicht. Wir waren sicher, daß unser guter Freund erledigt war. Traurig blieben wir vor ihm stehen. Wie staunten wir, als wir entdeckten,

daß er zwar blaß und schwach war, uns aber trotzdem anlächelte. Sogar sein Monokel saß noch an seinem Platz.

»Verdammt guter Panzer, dieses Hemd«, murmelte Good. Dann wurde er ohnmächtig.

Wir sahen, daß Good von einem Wurfmesser am Bein verletzt worden war. Aber das Panzerhemd hatte dafür gesorgt, daß der Speer des Kukuana-Kriegers ihm nicht mehr als ein paar Kratzer zufügen konnte.

Weil wir im Augenblick nicht mehr für ihn tun konnten, legten wir Good auf einen großen hölzernen Schild, wie er zum Transport der Verletzten benutzt wird. So nahmen wir ihn mit uns in die Hauptstadt.

Der Zweikampf

Nun kamen wir an den Toren der Stadt an. Ignosi schickte Boten voraus. Er versprach, alle Krieger Twalas am Leben zu lassen, die jetzt ihre Waffen niederlegten.

Sofort wurden uns die Stadttore geöffnet, wir marschierten nach Loo ein. Überall wurde unser Weg von unglücklichen Kriegern gesäumt, zu deren Füßen ihre Schilde und Speere lagen.

Weiter marschierten wir, bis zu Twalas Hütte. Als wir den großen eingezäunten Bezirk erreichten, waren da nur zwei Personen – Twala und Gagool.

Einen traurigen Anblick bot dieser König, der von allen seinen Getreuen verlassen war. Als wir näher kamen, hob er langsam den Kopf.

»Welches Schicksal hast du für mich bestimmt, Ignosi?« fragte er matt.

»Das gleiche Schicksal, das du für meinen Vater bestimmt hattest, als du ihm den Thron weggenommen hast«, antwortete der junge König stolz.

»Es ist gut«, antwortete Twala mit großer Würde. »Ich bitte dich nur um einen Gefallen. Ich erbitte mir das Recht, im Kampf sterben zu dürfen, wie es sich für einen Mann von königlichem Geblüt geziemt.«

»Das will ich dir gewähren. Wähle, gegen wen du kämpfen willst. Ich kann nicht mit dir kämpfen, denn es ist Sitte, daß Könige nur im Krieg kämpfen.«

Twalas Auge suchte unsere Reihe ab. Schließlich blieb sein Blick an Sir Henry hängen.

»Wir wollen den Kampf zu Ende bringen, den wir heute morgen begonnen haben«, sagte der ehemalige König.

Sir Henry nickte und trat einen Schritt vor. »Ich werde gegen dich kämpfen«, stimmte er zu.

Langsam begannen die beiden Männer sich mit erhobenen Streitäxten zu umkreisen.

Plötzlich sprang Sir Henry vor und schwang seine Axt gegen Twala. Twala aber trat einen Schritt zur Seite. Sir Henry verfehlte ihn und geriet ins Stolpern. Jetzt schlug Twala mit der Axt zu, aber Sir Henry konnte sich rechtzeitig mit seinem Schild schützen.

So ging der Kampf weiter, Hieb um Hieb. Keiner der beiden Männer konnte den anderen überwältigen. Die Hauptstadt erzitterte unter dem Knallen ihrer Äxte. Es war ein gigantischer Kampf, furchterregend anzusehen.

Jetzt ließ Twala seine Axt fallen und zog ein großes Wurfmesser aus seinem Gürtel. Er schleuderte es Sir Henry genau vor die Brust. Aber das Panzerhemd widerstand der Klinge. Noch einmal warf Twala, wieder prallte das schwere Messer ab. Und wieder griff Twala an.

Sir Henry sammelte seine restlichen Kräfte. Er schwang seine schwere Axt über dem Kopf und hieb mit all seiner Kraft auf Twala ein. Aus tausend Kehlen erhob sich ein erregter Schrei. Twalas Kopf kippte von seinen Schultern und fiel zu Boden. Langsam rollte er über den Boden, bis er vor Ignosis Füßen liegenblieb.

Einen Moment lang blieb der kopflose Körper noch aufrecht stehen. Dann fiel er mit einem dumpfen Knall auf die Erde.

Gagool weist den Weg

Tagelang hörte man in der Stadt das Jammern und Klagen von Frauen, die im Kampf ihre Männer, Söhne und Brüder verloren hatten. Es war kein Wunder, daß das Klagen so lange anhielt, denn schließlich waren Tausende gefallen.

Langsam verheilten die Wunden von Sir Henry und Good. Nach ungefähr einer Woche waren die beiden Männer munter wie je zuvor. Als er sicher war, daß wir alle wohlauf waren, ließ Ignosi nach uns schicken.

»Meine Freunde«, begrüßte er uns. »Jetzt ist es an mir, mein Versprechen zu halten. Ihr sucht den Schatz, der als König Salomons Diamanten bekannt ist. Wollt ihr diesen Schatz noch immer finden?«

»Das wollen wir«, antwortete ich mit fester Stimme.

»Es gibt nur einen Menschen, der ihn euch zeigen kann – Gagool«, erklärte Ignosi.

»Und wenn sie es nicht tut?« fragte ich.

»Dann wird sie sterben«, antwortete Ignosi entschlossen. »Nur wegen dieser Sache habe ich sie am Leben gelassen. Sie hat die Wahl.«

Ignosi schickte einen Boten, er solle Gagool holen lassen. Es dauerte nur wenige Minuten, bis sie erschien. Sie verfluchte die beiden Wächter, die sie hereinführten.

»Laßt sie los«, befahl Ignosi den Wachen.

Kaum wurde sie von den Wachen nicht mehr gestützt, da sank die verwitterte alte Frau auf dem Boden zusammen. Nun sah sie noch mehr aus wie ein zerknülltes Bündel. Aber ihre schwarzen Augen funkelten wie die einer Schlange.

»Was willst du, Ignosi?« keifte sie. »Hüte dich vor meinem Zauber!«

»Du wirst meinen Freunden hier zeigen, wo hinter den Bergen der große Schatz verborgen liegt.«

»Wie willst du mich dazu zwingen?« fragte die alte Frau.

»Wenn du es uns nicht sagst, dann wirst du sterben.«

»Sterben!« schrie sie, wütend und entsetzt zugleich. »Du wirst es nicht wagen, mich anzurühren. Ich kannte dieses Land schon, als es noch jung war. Und ich werde noch hier sein, wenn das Land alt wird. Niemand wird es wagen, mich zu töten.«

Ignosi hob einen Speer auf und senkte ihn auf die alte Frau herunter, bis seine Spitze ihren Fellumhang berührte.

»Nein! Ich werde euch den Weg zeigen. Aber laß mich leben. Laß mich in der Sonne sitzen und ein Stück Fleisch haben, an dem ich saugen kann. Dann will ich euch den Weg zeigen.«

»So ist es besser«, sagte Ignosi und legte den Speer wieder weg.

»Ja, ich werde euch den Weg zeigen«, redete Gagool mit ihrer schrillen Stimme weiter. »Es wird eine fröhliche Reise werden. Wir können unterwegs die Leichen der Männer sehen, die im Kampf gefallen sind. Ihre Augen werden die Geier herausgepickt haben. Und ihre Rippen werden hervorstechen. *Hahaha!*«

Die Berge

Drei Tage später kamen wir am Fuß der Berge an, zu denen die Straße führte.

Unsere Gesellschaft bestand aus uns drei Weißen, dazu Gagool, die in einer Sänfte getragen wurde. Dann waren da noch Infadoos und einige Träger.

Nie werde ich den Anblick der drei hohen Gipfel im Licht der frühen Morgensonne vergessen. Hoch über uns, weit aufragend in den blauen Himmel, ragten ihre gewundenen, schneebedeckten Gipfel. Und unterhalb des Schnees waren die Hänge violett von Blüten.

Wir zogen auf der gewundenen Straße weiter, bis wir an ein großes rundes Loch mit abschüssigen Rändern kamen. Es mochte etwa dreihundert Meter tief sein. Ich sah mir die Felsen genau an.

»So etwas habe ich schon früher einmal gesehen«, grunzte ich. »Glaubt mir, meine Herren. Dies war einmal eine Diamantenmine.«

Wir nahmen den Pfad, der seitlich an der tiefen Grube vorbeiführte, und bogen nun um eine Ecke. Hier blieben wir verblüfft stehen. Vor uns sahen wir auf hohen Sockeln aus dunklem Felsgestein drei große Statuen, die sitzende Menschen darstellten: zwei Männer und eine Frau.

Infadoos kam zu uns, als wir die drei riesigen Statuen staunend anstarrten.

»Seid ihr bereit, nun in die Höhle des Todes zu gehen?« fragte er uns.

»Ich bin bereit«, antwortete ich. »Und ich nehme an, die anderen sind es auch. Geh voran.«

Gagools Sänfte wurde heraufgetragen. Dann halfen die Träger der alten, gebrechlichen Frau heraus. Sie trottete vorwärts, und der Rest von uns folgte ihr.

Direkt vor uns, gleich hinter den drei großen Standbildern, erhob sich eine steile Felswand. Sie war mindestens dreißig Meter hoch. Gagool warf uns einen Blick über die Schulter zu und grinste. Dann humpelte sie auf die nackte Felswand zu.

Wir folgten ihr, bis wir zu einem Bogen kamen, der wie der tunnelförmige Eingang zu einer Mine aussah.

Hier wartete Gagool auf uns. Sie hatte noch immer dieses gehässige Grinsen auf dem Gesicht.

»Nun, weiße Männer aus den Sternen«, fiepte sie. »Seid ihr bereit?«

»Wir sind bereit«, antwortete ich ihr.

»Gut. Gut. Macht eure Herzen stark für das, was ihr jetzt zu sehen bekommt. Kommst du auch mit, Infadoos?«

»Nein. Ich werde hier warten«, antwortete der alte Mann hastig. »Für mich ist es nicht recht, an einen solchen Ort zu gehen.«

»Du bist klug«, kicherte die alte Frau. Sie drehte sich zu uns anderen um. »Dann folgt Gagool, wenn ihr es wagt.«

Ohne weitere Worte verschwand Gagool in dem dunklen Gang. Sir Henry, Good und ich fragten uns, was uns wohl erwarten würde. Aber wir folgten ihr schnell.

Die Höhle des Todes

Mehr als fünfzig Schritte waren wir in dem Tunnel schon gegangen. Da bemerkten wir, daß es langsam heller wurde. Nur noch eine Minute länger, dann standen wir an dem atemberaubendsten Platz, den je die Augen eines Menschen gesehen hatten.

Es war fast, als wären wir in einer großen Kathedrale. Aber es war nicht nur die Größe der Höhle, die uns staunen ließ. Zu beiden Seiten standen lange Reihen hoher Säulen aus Eis.

Diese Säulen hatten einen Durchmesser von mindestens vier Metern. Sie reichten weit hoch bis zur Decke. Wir konnten das Wasser von der Decke tropfen hören. Dort gefror es und bildete augenblicklich neue Säulen.

Gagool kicherte hämisch. Sie humpelte in einen Gang hinein, der uns von der Höhle wegführte. Eilig gingen wir ihr nach.

Nach etwa zwanzig Schritten fanden wir uns in einer kleineren Höhle, die vor unendlich vielen Jahren einmal von Menschenhand aus dem Felsen geschlagen worden sein mußte.

Ich spähte in die Finsternis. Was ich sah, reichte, daß ich mich umdrehte und beinahe weggelaufen wäre. Ich hörte, wie Good einen entsetzten Laut von sich gab. Nur der starke Arm von Sir Henry konnte uns zurückhalten.

»Was ist das?« fragte Good mit flüsternder Stimme.

Es war ein gespenstischer Anblick. Dort, am Ende einer großen steinernen Plattform, saß der Tod selbst, einen gewaltigen weißen Speer in den knochigen Fingern. Es war ein riesiges Skelett, mehr als fünf Meter hoch, das aus einem Eisblock geschlagen war.

Hoch über dem Kopf hielt das Skelett den Speer. Eine Knochenhand lag auf der Felsenplattform. Und der gewaltige, glänzende Totenkopf obendrauf schien uns anzugrinsen.

Good schrie und zeigte auf die Eisfigur. Wir alle wirbelten herum. Dort, auf einer anderen Plattform aus Stein, saß Twala, der letzte König der Kukuana. Er war nackt, und sein abgetrennter Kopf lag auf seinen Knien.

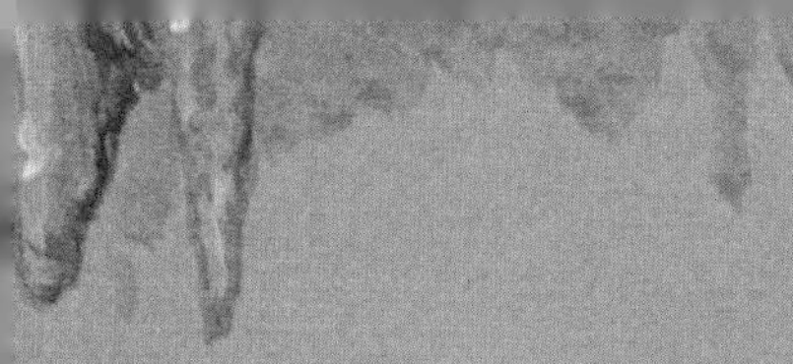

Der weiße Tod

»Und was ist das?« fragte Good und zeigte auf eine Gruppe weißer Dinge, die um den großen steinernen Tisch versammelt waren.

Gagool kicherte laut und lange. »Hihihi!« krächzte sie. »Übel kommt über die, die sich in die Höhle des Todes wagen! Hahaha! Hihihi!«

Ich sah mir Twalas Leiche genauer an. Die ganze Oberfläche des Körpers war von einer dünnen, gläsernen Eisschicht bedeckt. Ich sah zur Decke hoch. Wassertropfen fielen stetig von oben auf den Hals des Toten. *Tip, tip, tip!* Dann rannen sie über den Körper.

Jetzt war mir klar, was hier geschah. *Das Wasser gefror auf dem Körper und verwandelte ihn in eine Säule aus Eis.* Etwa dreißig ähnliche weiße Formen saßen hier an dem steinernen Tisch. Jeder von ihnen mußte der Körper eines Menschen sein, der in einem Eisblock begraben war.

Dies waren also die Könige der Kukuana, die für immer in der Höhle aufbewahrt wurden.

Ich versuchte heimlich, die Gestalten zu zählen. Jetzt sah ich, daß es siebenundzwanzig waren. Wenn jeder König etwa fünfzehn Jahre lang regiert hatte, bedeutete das, daß der erste Tote vor vierhundert Jahren hierher gebracht worden sein mußte.

Ich nahm all meinen Mut zusammen und näherte mich dem riesigen Skelett. Nun konnte ich erkennen, daß es aus einer der großen, bis zur Decke reichenden Eissäulen geschlagen war. Vielleicht von dem gleichen Bildhauer, der die Statuen draußen in den Bergen gefertigt hatte.

Das jedenfalls war der Weiße Tod, und bei ihm waren die weißen Toten.

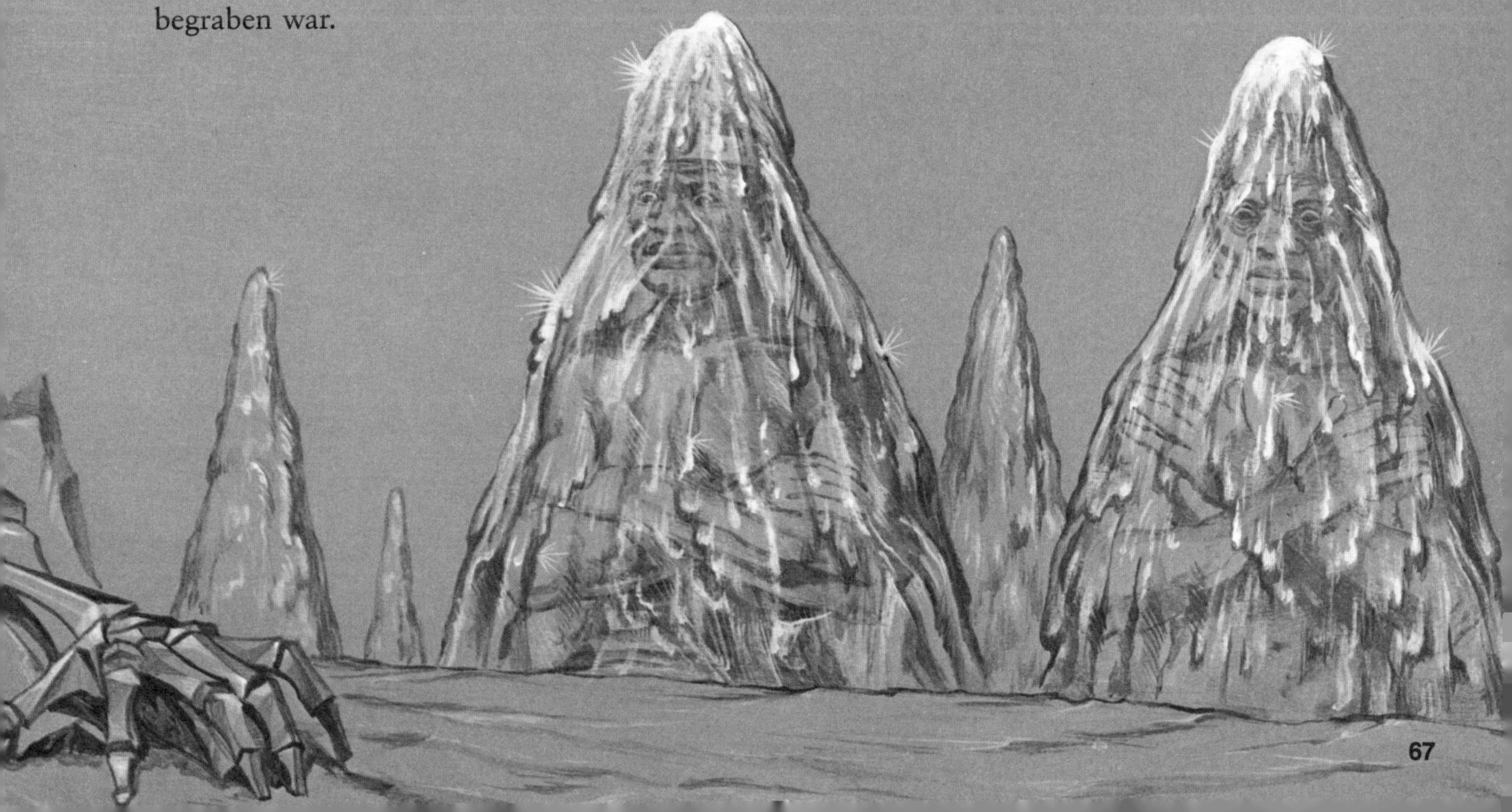

König Salomons Schatzkammern

»Na los, Gagool«, sagte ich und versuchte, meine Aufregung zu verbergen. »Bring uns zum Schatz des Königs Salomon.«

Die Alte spähte aufmerksam in mein Gesicht.

»Die Herren haben keine Angst?« fragte sie.

»Geh schon«, antwortete ich.

Sie humpelte zur hinteren Wand der Höhle. »Hier ist die Schatzkammer«, sagte sie über die Schulter. »Zündet die Laterne an und kommt herein.«

Gagool zeigte auf eine Öllampe, die auf dem steinernen Tisch stand. Ich nahm ein Streichholz aus der Tasche und zündete das Öl an. Dann hielt ich Ausschau nach einem Durchgang in der Felswand. Aber es war nichts zu sehen.

Gagool grinste uns zahnlos an. »Der Weg liegt vor uns, meine Herren.«

»Versuch nicht, Späße mit uns zu machen«, sagte ich drohend.

»Ich mache keine Späße. Seht her.« Sie zeigte auf den Felsen.

Ich hob die Lampe und sah jetzt, daß sich ein großer Felsbrocken langsam bewegte und in der Felswand darüber verschwand. Der Brocken war größer als eine normale Tür, mindestens drei Meter hoch und zwei Meter breit.

Er muß sehr geschickt ausbalanciert gewesen sein, daß er sich so einfach bewegen ließ wie ein einfaches Fenster. Wahrscheinlich gab es irgendwo einen Hebel, mit dem er in Bewegung gesetzt wurde. Aber ich konnte keinen Mechanismus sehen.

Ganz sachte und langsam bewegte sich der riesige Fels, bis er schließlich ganz verschwunden war. Ein dunkles Loch tat sich vor uns auf, wo vorher der Felsbrocken gewesen war.

Ich war so aufgeregt, nun endlich den Eingang zu den sagenumwobenen Schatzkammern des Königs Salomon vor mir zu sehen, daß ich zu zittern begann.

»Tretet ein, weiße Männer von den Sternen«, sagte Gagool und ging vor, auf den Durchgang zu.

Wir zögerten einen Augenblick.

»Ach, was soll's«, sagte Good schließlich. »Los, gehen wir. Ich lasse mir von der alten Hexe keine Angst einjagen.«

Er tauchte hinter Gagool in den dunklen Gang ein. Sir Henry und ich folgten ihm.

Nach einigen Schritten kamen wir an eine hölzerne Tür. Sie stand weit offen. Sir Henry riß mir die Öllampe aus der Hand und war mit einem Satz durch die Tür. Wir anderen gingen ihm nach.

Vor uns lag ein Raum, der aus dem Felsmassiv herausgeschlagen war. Er maß etwa drei Meter im Quadrat. Und darin fanden wir, was wir gesucht hatten: den Schatz des König Salomon.

Gefangen

Als erstes entdeckten wir eine wundervolle Sammlung von Elefantenstoßzähnen. Sie waren bis zur Decke hoch aufeinandergestapelt. Das war allein schon genug Elfenbein, um uns drei zu reichen Männern zu machen.

Auf der gegenüberliegenden Seite des Raumes standen an die zwanzig hölzerne Kisten. Sir Henry hob den Deckel von einer ein Stück an. Ich schob meine Hand hinein und zog sie wieder heraus, voll mit Goldstücken, Münzen aus einer längst vergangenen Zeit.

»Seht da drüben in der Ecke nach, wo es am dunkelsten ist«, sagte Gagool. Dort werdet ihr drei steinerne Kästen finden. Zwei davon sind versiegelt, aber eines ist offen.«

Good war der erste, der die Ecke erreichte. Tatsächlich waren da drei steinerne Truhen. Sir Henry hielt die Lampe über den offenen Kasten.

Wir sahen hinein und konnten im ersten Moment gar nichts erkennen. Das silbrige Licht blendete uns. Als sich unsere Augen an das Licht gewöhnt hatten, sahen wir, daß der Kasten zu drei Vierteln voll mit Diamanten war.

Staunend hob ich einige auf und ließ sie wieder zurückfallen.

»Wir sind die reichsten Männer der Welt«, sagte ich.

Da standen wir und starrten uns mit bleichen Gesichtern an, die flackernde Öllampe und die glitzernden Edelsteine zwischen uns.

»Hihihi!« hörten wir die alte Gagool hinter uns. Sie flatterte herum wie eine Vampirfledermaus. »Da sind die weißen Steine, die ihr weißen Männer so liebt. Nehmt sie! Laßt sie durch eure Finger rinnen. *Eßt* sie! *Trinkt* sie! Hihihi!«

Die Vorstellung, die Steine zu essen oder zu trinken, fand ich so lächerlich, daß ich zu kichern anfing. Ich hielt aber inne, als Sir Henry und Good die Deckel der beiden anderen Kästen hochhoben. Zusammen mit ihnen sah ich nach, was sich in diesen Truhen verbarg.

Der zweite Kasten war bis zum Rand voll mit noch mehr Diamanten. Der dritte war nur halb voll, aber er enthielt besonders ausgewählte Diamanten, einige davon so groß wie Taubeneier. Wir hoben einige davon hoch, um sie besser sehen zu können.

Was wir aber *nicht* sahen, war der haßerfüllte Blick, den uns die alte Gagool zuwarf, als sie leise wie eine Schlange aus der Schatzkammer kroch, den Gang entlang und zu der Tür aus dem großen Felsbrocken.

Wäre die alte Frau nicht auf ihrem Weg gestolpert, hätte ich ihr Weggehen gar nicht bemerkt. So aber drehte ich mich nach dem Geräusch um und sah sie den Gang entlanghumpeln. Ich schlug Alarm und rannte hinter ihr her.

Gerade als Gagool den Eingang erreichte, holte ich sie ein. Draußen

packte sie einen unsichtbaren Hebel. Langsam senkte sich der Felsbrocken. Ich packte Gagool am Arm und versuchte, sie wieder hereinzuziehen.

Die alte Frau entwand sich meinem Griff und fiel zu Boden. Noch immer versuchte sie, sich unter dem sinkenden Stein ins Freie zu schlängeln. Aber es war zu spät. Der Fels kam unaufhaltsam näher und drückte ihren Körper gegen den Boden. Gagool kreischte, dann schloß sich die Tür mit einem schrecklichen, knirschenden Geräusch, gerade als ich mich gegen den Felsen warf.

Lebendig begraben

»Wir sind lebendig begraben!« sagte Sir Henry.

Minutenlang standen wir wie erstarrt vor der Felswand, die sich vor uns geschlossen hatte.

»Bald wird die Öllampe ausgehen!« sagte Sir Henry. »Wir müssen den Hebel finden, mit dem sich der Felsen bewegen läßt.«

Mit verzweifelter Kraft sprangen wir vor und suchten an der Tür und an den Seiten des Ganges. Aber kein Hebel und keine Feder war zu finden.

»Es läßt sich von innen nicht betätigen!« keuchte ich. »Wenn das möglich wäre, hätte Gagool nicht riskiert, unter dem Felsen durchzukriechen.«

»Du hast recht«, nickte Sir Henry. »Laßt uns in die Schatzkammer zurückgehen.«

Wir kehrten in die Schatzkammer zurück und lehnten uns mit dem Rücken an die drei Kisten mit den Diamanten.

»Wir müssen die Nahrungsmittel einteilen«, sagte Sir Henry. »Damit sie solange wie möglich reichen.«

Das taten wir. Die Verpflegung, die wir mitgenommen hatten, würde für ein paar Tage ausreichen. Außerdem hatten wir auch zwei Feldflaschen Wasser bei uns.

Wir aßen ein wenig. Langsam wurde das Licht der Öllampe schwächer. Das Öl war fast verbraucht.

»Infadoos wird bald einen Suchtrupp losschicken«, sagte ich hoffnungsvoll.

»Sie werden vergeblich suchen«, antwortete Good. »Sie kennen das Geheimnis der Tür nicht. Sie wissen nicht einmal, wo sie ist.«

Das Licht der Lampe wurde noch schwächer. Jetzt flackerte es auf. Noch einmal sahen wir die weißen Stoßzähne, das Gold und den bleichen Schimmer der Diamanten. Und es zeigte auch die bleichen Gesichter von uns dreien, die wir hier saßen und darauf warteten zu verhungern.

Dann verlosch die Lampe ganz.

Der Ring im Stein

Die Schrecken kann ich nicht beschreiben. Wir waren begraben in den Eingeweiden eines großen, schneebedeckten Gipfels. Tausende von Metern über uns fegte der frische Wind über den weißen Schnee, aber kein Laut drang zu uns vor.

Ein langer Tunnel und meterdicke Felswände trennten uns sogar von der schrecklichen Höhle des Todes. Und die Toten machen keine Geräusche. Wir waren von allen Geräuschen der Welt abgeschnitten, es war, als wären wir schon tot.

Wir riefen, bis wir heiser waren. Aber wir wußten, daß das keinen Sinn hatte. Wer sollte uns schon hören?

Irgendwie verging die Nacht, und es wurde wieder Tag. Ich riß ein Streichholz an, um zu sehen, wie spät es war. Gerade sieben Uhr. Plötzlich hatte ich eine Idee.

»Wie kommt es«, sagte ich, »daß hier in dieser Höhle frische Luft ist?«

»Große Güte!« sagte Good und sprang auf. »Darüber habe ich gar nicht nachgedacht. Die Tür ist luftdicht, da kann kein Windhauch durchkommen. Aber von irgendwo muß die Luft kommen. Sehen wir nach.«

Eine Stunde lang krochen wir herum, bis Sir Henry und ich schließlich aufgaben. Aber Good suchte weiter. Er sagte, das sei besser, als nichts zu tun. »Kommt her!« rief er auf einmal. Wir krochen zu ihm hin. »Legt eure Hände dahin, wo meine Hand ist. Fühlt ihr etwas?«

»Ich *glaube*, ich fühle einen Luftstrom«, sagte ich nach einer Weile.

»Jetzt hört mal«, sagte Good und trat fest mit dem Fuß auf die Stelle. Ein Hoffnungsfunke glomm in uns auf. *Es klang hohl!*

Mit zitternden Händen riß ich eines meiner letzten Streichhölzer an. Da war eine Fuge zwischen den Felsplatten. Und in den Boden war ein eiserner Ring eingelassen.

Sir Henry packte den Ring und zog mit seiner ganzen Kraft daran. Ich hörte ein Knirschen im Boden. Ein heftiger Luftstrom kam uns entgegen, und der große Felsen ließ sich zur Seite schieben.

»Reiß noch ein Streichholz an«, sagte Sir Henry. »Vorsichtig jetzt!«

Ich tat, was er gesagt hatte, und da sahen wir vor uns, Gott sei gedankt, *die erste Stufe einer steinernen Treppe!*

»Was tun wir jetzt?« fragte Good.

»Die Treppe hinuntersteigen natürlich«, antwortete ich ungeduldig.

»Genau«, stimmte Sir Henry zu. »Aber hol erst unser restliches Wasser. Kann sein, daß wir es brauchen.«

Ich kroch zu unserem Platz bei den steinernen Truhen zurück und holte die Feldflasche. Als ich wieder zu den anderen zurückkehren wollte, hatte ich eine Idee. Ich schob meine Hand in eine der Kisten und füllte meine Taschen mit Diamanten.

Dann beeilte ich mich, zu den anderen zu gelangen.

Wieder unter den Lebenden

Langsam stiegen wir drei die Steintreppe hinunter. Fünfzehn Stufen waren es. Dann befanden wir uns in einem dunklen Tunnel.

Ich riß das vorletzte unserer Streichhölzer an. Der Tunnel führte in zwei Richtungen. Für welche sollten wir uns entscheiden?

»Seht mal«, sagte Good und zeigte auf das Streichholz in meiner Hand. »Der Luftzug hier unten drückt die Flamme nach links. Wir sollten gegen den Luftstrom gehen. Luft drängt immer nach innen, nie nach außen.«

Etwa eine Viertelstunde lang krochen wir durch den dunklen Gang. Dann meinte ich, ein Geräusch zu hören. Ich forderte die anderen auf zu lauschen.

»Das ist fließendes Wasser!« sagte Good. »Kommt, vorwärts.«

Das Brausen des Wassers wurde immer lauter, während wir den Gang entlangeilten. Plötzlich hörten wir ein Platschen. Good schrie auf.

Er war ins Wasser hineingefallen.

»Alles in Ordnung«, keuchte er. »Ich habe einen Felsen zu fassen bekommen. Macht Licht, damit ich sehen kann, wo ihr seid.«

Hastig riß ich das letzte Streichholz an. Das schwache Licht zeigte uns einen breiten Strom aus dunklem Wasser direkt vor unseren Füßen. Wir waren an einen unterirdischen Fluß gekommen.

Mühsam zogen wir Good heraus. Dann beugten wir uns über die Felsen und stillten unseren Durst an dem kühlen Wasser.

Vorsichtig tasteten wir uns an dem Flußlauf entlang. Nach einigen Minuten kamen wir wieder an einen Tunnel. Ohne große Hoffnung spähte ich in den dunklen Gang. Dann machte mein Herz einen Satz.

»Werde ich langsam verrückt?« flüsterte ich. »Oder ist das dort Licht?«

Wir stolperten den Tunnel entlang. Nach fünf Minuten konnte es keinen Zweifel mehr geben: da war tatsächlich ein Lichtpunkt. Nur eine Minute später berührte uns ein Hauch frischer Luft.

Wir kämpften uns weiter vor. Plötzlich verengte sich der Tunnel. Sir Henry ließ sich auf die Knie hinab. Aber der Gang wurde noch enger, bis er schließlich nur noch den Durchmesser eines Fuchsloches in der Erde hatte. Und tatsächlich: hier war Erde, kein Felsen mehr.

Sir Henry drückte und quetschte, dann war er draußen. Good und ich ebenso. Über uns waren unsere geliebten Sterne, wir atmeten wieder frische, saubere Luft.

»Diese Gänge müssen früher einmal zu den Diamantenminen geführt haben«, sagte Good.

Ich hörte ihm nicht zu, sondern lief durch die Nacht. Ich hatte das Gefühl zu wissen, wo wir waren.

Es dauerte nur noch ein paar Augenblicke, dann konnte ich ein Feuer sehen. Plötzlich waren wir von Infadoos und unseren Trägern umringt. Ungläubig starrten sie uns an.

»Hallo Infadoos«, sagte ich und weinte beinahe vor Freude. »Wir sind gerade von den Toten auferstanden.«

Ignosis Abschied

Zehn Tage später standen wir in einer großen Menschenmasse vor der Hütte des Königs in der Stadt Loo. Ignosi hatte alle Leute zusammenrufen lassen, um uns zu verabschieden.

Inzwischen hatten wir uns von unseren schrecklichen Erlebnissen schon einigermaßen wieder erholt. Um ehrlich zu sein, wir waren recht ungeduldig, von hier fortzukommen. In unseren Taschen trugen wir genug Diamanten, um als wohlhabende Männer in unsere Heimat zurückzukehren. Ganz so schlecht waren wir also doch nicht davongekommen.

In der Menge erhob sich ein Murmeln. Ignosi war vor seine Hütte getreten. Der König sah traurig aus. Ich trat vor, um die kurze Rede zu halten, die ich vorbereitet hatte.

»Es ist Zeit, daß wir uns verabschieden, Ignosi«, sagte ich. »Wir müssen nun zurück in unser Land reisen. Als Diener kamst du mit uns hierher, nun verlassen wir dich als König. Bewahre unser Andenken und regiere gerecht und menschlich, wie du es versprochen hast.«

Ignosi verbarg sein Gesicht eine Zeitlang in den Händen, bevor er sprechen konnte.

»Mir tut das Herz weh«, sagte er. »Wollt ihr nicht bleiben? Verlangt, was ihr wollt – Land, Vieh, Frauen. Was ich euch geben kann, das sollt ihr bekommen.«

»Nein Ignosi, das wollen wir nicht«, murmelte ich. »Wir müssen dahin zurückkehren, wohin wir gehören.«

Ignosi nickte traurig. »Ja, eure Worte

sind voller Weisheit und Vernunft.

Ihr müßt gehen. Aber hört, und sagt meine Worte allen weißen Männern weiter. Kein anderer weißer Mann soll je wieder diese Berge überqueren. Wollt ihr ihnen das sagen?«

»Das werden wir.«

»Ich will hier keine Händler sehen mit ihren Gewehren und ihrem Schnaps. Ich will keine Priester, die meinen Männern Angst vor dem Tod in die Herzen pflanzen und die sie gegen ihren König aufbringen. Wenn ein weißer Mann an meine Tore kommt, werde ich ihn wegschicken. Wenn hundert kommen, werde ich sie verjagen. Und wenn sie Armeen schicken, werde ich mit all meiner Kraft Krieg gegen sie führen. Aber für euch drei ist der Weg immer offen. Denn ihr seid mir lieber als alle anderen auf der Welt.«

»Dank dir, Ignosi«, sagte ich, überwältigt von seinen Worten.

Der König richtete sich zu seiner ganzen Größe auf. »Lebt wohl, meine Brüder, mutige weiße Männer«, sagte er, »dreht euch nicht noch einmal um, denn das könnte ich nicht ertragen. Ich gebe euch Führer mit, die euch über die Berge und durch die Wüste bringen werden. Zurück in das Land, in das ihr gehört. Lebt wohl, meine Freunde.«

Mit ernstem Blick sah er uns einige Sekunden lang an, dann drehte er sich um und ging in seine Hütte.

Schweigend gingen wir.

Erst als wir einige Kilometer von der Stadt Loo entfernt waren, brach Sir Henry das Schweigen. Er blickte über die Schulter zurück.

»Es gibt schrecklichere Orte auf der Erde als das Kukuanaland«, sagte er leise. »Und ich habe schon unglücklichere Zeiten erlebt als die letzten paar Wochen. Aber noch nie so seltsame.«